데이트 어 라이브 프래그먼트

데이트 어 불릿 7

DATE A LIVE FRAGMENT DATE A BULLET 7

"솔직하게 말해, 실망했어."

준정령(왕자)— 창

"죽는 건 싫어, 싫어, 싫어~~~!"

준정령(영애)— 모모조노 마유카

"……그 교복, 알고 있었나요?"

"무리는 아니랍니다."

"불안만 엄습해…….
　그래도 파이팅, 히비키!"

DATE

데이트

A

어

BULLET

불릿

07

글 : **히가시데 유이치로**
원안 · 검수 : **타치바나 코우시**
그림 : **NOCO**
옮긴이 : **이승원**

평온한 나날과, 평온한 시간과, 평온한 우정.
그것을 부순 건, 누구였을까.
자욱한 피보라와, 나찰 같은 전쟁과, 차가운 격정.
그것에 몸을 던진 건, 무엇을 위해서였을까.

구하고 싶었다.
세계를 구하고 싶었다.
　　　　화려한 영광에 몸을 맡겼어요.
　　　정의의 사도가 되니 참 기분 좋더군요.

하지만, 전부 끝난 일이에요.

데이트 어 라이브 프래그먼트

데이트 어 불릿 7

DATE A LIVE FRAGMENT 7

SpiritNo.3
AstralDress-NightmareType　Weapon-ClockType[Zafkiel]

○프롤로그

머나먼, 저편에서의 이야기.

노을이란 단어를, 토키사키 쿠루미는 좋아했다.

노을에 물든 하늘을 올려다볼 수 있는 건 단 한순간뿐이며, 왠지 그 순간을 놓치면 하루를 허비한 듯한 기분이 들었다.

"……일어나세요, 쿠루미 양."

그렇기에, 그 점을 아는 절친인 야마우치 사와가 깨워줘서 정말 고마웠다.

"사와 양……."

갈색 장발을 단정하게 땋은, 귀여운 소녀다. 언제나 차분하고, 누구에게나 상냥하며, 천성적으로 분위기를 온화하게 만드는 재능을 지닌 소녀였다. 그리고 고양이를 기르고 있다. 쿠루미는 그런 그녀가 부러웠다.

"다른 반 친구들은 다 돌아가서 깨웠어요. 너무 기분 좋아 보여서, 깨울지 말지 고민이 되었다니까요."

"아, 고마워요."

사와가 방금 말한 대로, 교실에는 쿠루미와 그녀밖에 없었다. 다른 학생들은 부활동을 하러가거나, 혹은 귀가했으리라. 육상부가 러닝을 하고 있는 건지, 고함 소리가 쿠루미의 교실까지 들려왔다.

따뜻한 시간과, 따뜻한 분위기.

대화를 나누지 않았고, 나눌 필요 또한 없었다. 사와가 영차 하면서 쿠루미의 앞에 앉았다. 두 사람은 함께 노을을 바라보았다.

쿠루미는 작게 한숨을 내쉰 후, 가방 안에서 편지를 꺼냈다. 청결한 느낌이 감도는 새하얀 봉투에 편지가 들어 있었다.

편지의 글자는 눈이 번쩍 뜨일 만큼 아름답지는 않았다. 하지만 상대방이 정성을 다해 글자 하나하나를 적었다는 것을 쿠루미도 알 수 있었다.

"고민하고 있나요?"

"물론이죠."

또 한숨을 내쉬었다. 이 편지는 아침에 등교하던 도중에 받았다. **알지도 못하는 남자 고등학생이** 공손히 내밀자, 반사적으로 받고 말았다.

그리고 그 안에는…….

"러브레터였죠?"

"뭐…… 그런 것…… 같군요…….."

그런 것 같다, 가 아니라 틀림없는 러브레터였다. 좋아해요, 저와 교제해 주세요, 라고도 적혀 있었다.

"그, 렇, 다, 면, 어떻게 할 건가요?"

"……마음은 감사하지만, 사양할 생각이랍니다."

한숨.

침울하다기보다 거북한 느낌이 앞섰다.

"쿠루미 양, 이제까지 고백을 받은 적이 없었나요?"

"없었는데요?"

사와는 고개를 갸웃거리며 쿠루미의 볼에 손을 댔다.

"이렇게 귀여운데도요?"

노을에 물든 하늘처럼, 쿠루미의 볼이 붉어졌다.

"저, 정말. 놀리지 마세요!"

"후훗. 죄송해요~."

쿠루미는 볼을 부풀렸다. 사와는 즐거운 듯이 그런 쿠루미를 응시했다.

"하지만 다행이에요. 그러면 또 주말에 같이 놀 수 있겠군요."

쿠루미는 왠지 어린애 취급을 당하고 있는 듯한 느낌이 들었다.

"그건 그렇지만…… 저도 좋아하는 사람이 생기면 데이트 정도는 할 거랍니다."

쿠루미는 약간 삐친 듯한 표정을 지으며 그렇게 말했다.

"흐음~. 어떤 데이트를 하고 싶나요?"

"그건, 으음…… 영화를 보러 가거나…… 카페에 가거나…… 고양이를 보거나…… 고양이를 쓰다듬거나…… 고양이를 귀여워하거나……."

"대부분 고양이와 연관되어 있군요……. 그런 건 우리 집에서도 할 수 있지 않나요?"

"데이트 도중에 사와 양의 집에 들르라는 건가요?"

쿠루미는 엄청 거북한 시추에이션일 것 같다고 생각하며 웃음을 흘렸다.

"어~, 쿠루미 양은 연인이 생기면 저와 놀아주지 않을 건가요?"

"절대 그럴 일은 없답니다. 사와 양은 저의 소중하기 그지없는 친구니까요."

"에헤헤…… 기뻐요."

사와가 배시시 웃자, 쿠루미는 눈을 가늘게 떴다.

"언젠가, 저희 둘 다 멋진 사랑을 할 수 있으면 좋겠군요."

"쿠루미 양에게 소중한 사람이 생긴다면, 꼭 응원할게요. 약속해요."

두 사람은 새끼손가락을 걸었다.

별것 아닌, 아무런 보장도 없는, 평범한 약속.

그런 약속을 나눴던 것을, 토키사키 쿠루미는 떠올렸다.

○세상의 잔혹함을 따져본들, 그저 허무할 뿐

히고로모 히비키가 하얀 여왕에게 납치를 당했다는 사실을 토키사키 쿠루미가 이해하는 데는 10초가량 걸렸다.

무시무시한 일이기는 하지만, 충격적이지는 않았다.

퀸과 싸우기 시작한 후로 항상 염두에 뒀던 상황이다. 전력 면에서 도움이 되지 않는 히비키가 휘말릴 일은 없을 거란 안이한 생각은 퀸과 처음 대치한 후, 주저 없이 버렸다.

그렇기에, 그녀가 얼어붙은 건 다른 사실 탓이다.

퀸의 목소리, 말투, 그리운 울림…….

그것이— 과거, 토키사키 쿠루미의 친구였던 소녀와 **똑같았던** 것이다.

이 인계에서 싸우고 있는 토키사키 쿠루미는 【여덟 번째 탄환】에 의해 창조된 분신이다. 하지만 인간, 토키사키 쿠루미의 과거를 지녔다.

과거의 친구, 어쩔 수 없이 갈라서게 된 소중한 사람.

야마우치 사와, 그것이 그 소녀의 이름이었다.

심호흡. 몸속의 숨을 토한 순간, 쿠루미는 생각을 바꿨다.

"토키사키 쿠루미!", "아리아드네, 괜찮아?!"

달려온 창과 카가리케 하라카가 두 사람에게 다가왔다.

아리아드네는 얼굴이 창백하게 질렸지만, 어찌어찌 서 있었다.

"대체 무슨 일이—."

"히비키 양이 퀸에게 납치당했답니다."

쿠루미가 담담하게 사실을 말하자, 창은 미안한 듯한 표정을 지었다. 방금까지, 쿠루미는 창의 애원을 들어주느라 히비키와 떨어져 있었던 것이다.

"내 탓이야. 미안."

"아뇨……."

쿠루미는 미안해하는 창에게 괜찮다는 듯이 고개를 저었다. 쿠루미와 히비키라도, 24시간 쭉 함께 다니지는 않는다. 아마도…….

아무리 경계하더라도 틈은 생기기 마련이며, 이 상황 또한 예상하기는 했다.

"그것보다 아리아드네 양은—."

"괘, 괜찮아. 그것보다, 나야말로 미안해."

"아뇨. 퀸과 대치하고도 목숨을 부지하다니, 운이 좋았군요."

하지만 퀸에게 있어서는 시간과의 싸움이었을 게 틀림없다. 쿠루미와 히비키가 떨어져 있기는 했지만, 이변을 감지한다면 바로 뛰어올 수 있는 거리였으니 말이다.

반대로 생각하면…….

퀸에게 있어서는 준정령의 우두머리인 지배자[도미니언]보다도 히고로모 히비키의 신병이 더 중요했다는 의미다.

즉, 히고로모 히비키야말로 토키사키 쿠루미의 치명적 약[워크 포인트]

점이라고 인식한 것이다.

"히비키는 괜찮을까?"

"……아마도요."

알고 있다. 아는 것이다. **퀸이 무슨 짓을 할지,** 히비키와 이야기를 나누며 완전히 파악하고 있었다. 하지만 여왕이 변덕을 부릴 가능성도 있으며, 애초에 그런 선택지 자체가 존재하지 않을 가능성도 있다.

퀸은 강하다.

단순한 전투 능력을 봐도, 뛰어난 능력을 지닌 간부를 셋이나 거느리고 있다는 점을 봐도, 퀸을 위해 목숨을 내던지는 수하가 무수히 존재한다는 점을 봐도 알 수 있다.

하지만 최악인 점은 그것이 아니다.

그 정도라면 『그저 강하다』라는 평가로 충분하리라.

정말 최악인 점은, 퀸이 악의를 가지고 있다는 것이다. 이 인계를 파괴하려는 악의, 토키사키 쿠루미를 해하려는 악의가 다른 누구보다 강렬하다는 점이다.

투지를 지닌 상대라면 싸우면 된다. 살의를 지닌 상대라면 죽이면 된다.

하지만 악의에는 단순한 응수만으로 맞설 수 없다. 머리를 굴리고, 방해하고, 발목을 잡고, 잡힌 발목을 잘라낼 각오가 필요하다.

토키사키 쿠루미가 퀸을 신뢰하는 건, 바로 그래서다.

그녀가 누구보다도 크나큰 악의를 지닌 인물이라면. 히고로모 히비키를 해하는 것만으로는 절대 만족하지 못하리라. **반드시 수작을 부릴 것이다**라는 점을 신뢰하고 있다.

"……어쩔 거야?"

제5영역의 도미니언이자, 창의 스승이기도 한 카가리케 하라카가 그렇게 물었다. 쿠루미는 흔들림 없는 눈빛으로 답했다.

"제2의 영역— 호크마에, 결전을 치르러 가죠."

유키시로 마야, 꺄르뜨 아 쥬에와 네 장의 트럼프, 그리고 시스투스가 기다리고 있는 호크마로, 일행은 향했다.

◇

갑자기, 정신이 들었다. 감고 있던 눈을 천천히 뜨며, 탄식을 토했다.

"퀸, 왜 그러십니까?"

룩이 그렇게 말하자, 퀸은 옅은 웃음을 흘렸다.

"꿈을 꿨어요."

"꿈…… 내용은 과거인가요? 아니면 환상?"

꿈 중에는 과거에 있었던 일을 보는 꿈, 그리고 심층 의식에 존재하는 것을 표출시키는 꿈이 있다.

"흐음. ……과거, 라고 불러야 할까요. 예전에 버렸던 것이며, 방금까지는 떠올리지도 못했지만…… 역시, 쿠루미 양과 만나서 그런지…… 유발된 것 같군요. 후후후…… 참 밉살스러운 사람이에요."

그립고, 밉살스러우며, 안타깝지만, 그래도 내팽개치고 만 추억(과거)이 존재한다.

온화한 그 목소리를 듣고 오한을 느낀 룩은 허둥지둥 화제를 바꿨다.

"모든 출격 준비를 마쳤습니다. 이제 퀸께서 호령을 하시면, 모든 것이 시작될 겁니다."

"모든 것은 아니에요. 원래는 소환술사가 불러낸 **그것**(서모녀)을 날뛰게 할 예정이었으니까요."

"그건— 죄송, 합니다."

"당신 탓이 아니에요. 그것은 제멋대로 날뛰는 폭풍일 뿐이니까요. 그래도 그녀들이 해치울 거라고는 생각도 못 했어요."

"게부라는 선대 도미니언의 힘으로 세계 법칙(월드 룰)이 뒤틀려 있는 것 같군요. 그 『스킬』이라 불리는 것 탓에, 순수한 역량 차이가 뒤집힌 것 아닐까요?"

게부라는 시스테마틱한 판타지 세계의 법칙에 지배되는 영역이다. 그곳에서는 전투에 적합한 무명천사를 가지고 있지 않더라도, 『스킬』이라 불리는 특수능력으로 변칙적인 공격수단을 얻을 수 있다.

물론 그것은 게부라만의 특성이며, 이제부터 쳐들어갈 호크마에서는 발휘되지 않는다. 게부라의 준정령들은 전투가 특기지만, 그런 이유로 인계 최강은 아니다. 게부라에서만 쓸 수 있는 능력에 기대선, 다른 영역에서 싸울 수가 없는 것이다.

"……뭐, 지나간 일은 잊어버리도록 하죠. 두 번은 쓸 수 없는 소체니까요. 그건 대의식 전의 여흥이기도 하고요."

"네. ……드디어 시작되는군요."

"그래요, 시작된답니다. 인계를 파괴하고, 모든 것을 **저**에게 집속시킬 거예요."

"퀸, 질문이 하나 있습니다."

"뭐죠?"

"그 후, 퀸은 어떤 존재가 되는 겁니까? 신? 아니면 다른—."

"글쎄요. 관심이 없답니다."

퀸은 무미건조한 목소리로 그렇게 고했다. 그러자 룩은 실례했습니다, 하고 말하며 고개를 숙였다.

예정대로 일이 풀린다면, 인계에 소용돌이치는 모든 영력이 퀸에게 모일 것이다. 그에 따라 인계는 붕괴될 것이고, 준정령은 전멸할 것이며, 남은 건 허무의 공간과 여왕뿐이리라.

하지만, 그 영력은 압도적이다.

인계를 다시 만드는 것도 가능하고, 건너편 세계로 넘어가는 것도 가능하며, 영원히 존재하는 생명체가 되는 것도 가능하리라.

하지만…….

퀸의 소망은, 그것이 아니다.

"자…… 한동안은 『장군』. 당신에게 맡기겠어요. 저는 잠에
빠져들 테니, 무슨 일이 있으면 교대해주세요."

퀸은 그렇게 말한 후, 눈을 감았다.

"퀸."

룩이 부르자, 퀸은 자신만만한 미소를 지으며 몸을 일으
켰다.

"제군. 그럼 호크마의 유린을 시작하자. 그녀들은 최종결
전이라며 의욕을 불태우고 있겠지만— 그녀들의 희망을 압
도적인 절망으로 짓뭉개주도록 할까."

몸을 일으킨 퀸은 룩과 함께 걸음을 옮기더니, 거대한 문
을 열었다. 그 너머에는 거대한 생명체가 있었다.

무한히 펼쳐져 있는 듯한 파도, 빈 껍데기라 불리는 소녀
들— 본능적으로 지배당한, 준정령 미만의 병사들.

그것은 인계에 존재하는 모든 준정령을 합쳐도 미치지 못
할 만큼 압도적인 군대였다.

"꿈에도 모르겠지. 이제까지 침공에 투입된 엠프티 군단
이, **그저 여분**에 지나지 않는다는 걸 말이야."

소녀가 준정령이 되기 위해선 죽거나 이곳으로 끌려올 수
밖에 없다. 그리고 삶의 목적을 잃은 자들이 엠프티가 된다.

하지만 이곳에 있는 엠프티들은 다르다. 퀸의 마왕 〈광광제(狂狂帝)〉루키프구스에 의해 창조된 순진무구한 생명체인 것이다.

【쌍둥이의 탄환】테오밈— 쌍둥이 자리의 이름을 지닌 탄환이 이 방대한 군대를 창조했다. 토키사키 쿠루미의 〈각각제(刻刻帝)〉자프키엘·【여덟 번째 탄환】헤트처럼 과거의 복제를 만드는 것이 아니라, 원래는 **저급한 자기 자신**을 제작하는 능력이다.

하지만 퀸은 그것을 싫어했다. 저급한 자기 자신은 퀸에게 있어 절대 인정할 수 없는 존재다.

그래서 능력을 변질시켰다. 저급(低級)을 넘어선 희석(稀釋)의 무리. 『여왕을 따른다』라는 명령만이 입력된 인조 생명체.

"허무의 군세."엠프티즈

퀸의 목소리에, 엠프티들이 답했다. 『제너럴』사브르은 군도(軍刀)를 치켜들며, 조용히 고했다.

"퀸이, 이 자리에서 그대들에게 명을 내린다. 싸워라, 그리고 죽어라."

엠프티들은 목소리가 아니라, 쥐고 있는 무기를 두드리는 소리로 답했다.

"여왕에게 바쳐라. 생명을, 전쟁을, 그대들이 가진 모든 것을. 힘찬 목소리로 파멸을 노래하며, 환희에 떨며 죽어라."

환성이 천둥처럼 이 공간을 뒤흔들었다. 예스, 마제스티. 저희의 목숨은 여왕께 바치겠습니다! 여왕을 위해! 여왕을 위해! 여어어어어와아아아아아아앙을 위이이이이이이해애애애애애애애애애!

　열광적인 신앙, 광기에 찬 절규, 그리고 따뜻하기 그지없
는 사랑.

　그 모든 것을 비처럼 맞으며, 여왕은 너무나도 차가운 목
소리로 중얼거렸다.

　"—아아, 정말 시끄러워."

　퀸에게 있어, 인계에 존재하는 모든 것은 혐오스럽기 그지
없는 존재에 불과했다.

◇

　—이름은?

히고로모 히비키

　—무명천사는?

^{킹 킬링}
〈왕위찬탈〉

　—나이와 국적은?

몰라요. 아마 일본인?

　—왜 살지?

으음…… 쿠루미 씨의 소원을 이뤄주려고?

　—왜 여기 있지?

잡혀왔기 때문인데요.

　—왜 살지?

아니, 그러니까…….

—왜 여기 있지?

그만…… 그만 하세요!

—왜 존재하지? 왜 살지? 왜 여기 있지? 왜 여기 있어도 된다고 생각하지? 왜 아직 안 죽었지? 네 모든 것이 빈 껍데기인데?^{엠프티}

대답은 공백. 생각을 정리할 수 없다. 숨 쉬는 법을 잊은 것처럼 갑갑했다.

이것이 세뇌이며, 자신이란 존재를 왜소하게 만들려는 수작이란 것은 이해하고 있다. 이해하고 있더라도 침묵에는 고통이 따르며, 거짓말에는 공포가 따랐다.

쉴 새 없이 쏟아지는 질문에 대답하고 대답하고 또 대답하는 사이, 자신이 어떤 존재인지 이해하지 못하게 됐다.

영장과 무명천사^{드레스}는 이미 변질됐다. 얼굴이 뜯어고쳐졌다. 나 같지만 내가 아닌, 내가 아닌 것 같지만 나인 소녀.

거울에 비친 **내가 아닌 나**는 집요하게 질문을 던졌다. 그리고 그때마다, 나란 소녀의 개념이 갈가리 찢기며 사라졌다.

진정해, 하고 온 마음을 다해 외쳤다.

우선, 내 이름은— 아아, 으음, 분명, 히비키, 그렇다. 내 이름은 히비키. 이건 맞다. 아마 맞을 것이다. 틀림없다. 성은 잊었지만 어쩔 수 없다.

지금, 나는 간부가 됐다.

비숍, 룩, 나이트, 그 중 무엇이었더라. 아무튼 하나가 됐다. 세 간부를 지휘하는 건, 퀸이라는 정령. 토키사키 쿠루미의 적이며, 나를 지배하에 뒀다. 퀸에게 무릎을 꿇고 싶다는 유혹을, 필사적으로 견디고 있었다.

이미지─ 폭풍에 휘말려 끝없이 굴러다니는 자신.

이미지─ 길 끝에 존재하는 건 절벽. 아래로 떨어지지 않기 위해, 필사적으로 버둥거리는 자신.

이미지─ 손톱이 빠지고, 손가락이 부러지고, 지문이 벗겨져 나가는 자신.

이미지─ 떨어지기 직전에 절벽 가장자리를 움켜쥔 자신.

이미지─ 폭풍이 멎지 않아, 손가락이 하나씩 떨어지고 있는 자신.

폭풍이 ○○○○ 히비란 존재를, 조금씩 깎아나가는 감각. 잊고 싶지 않은 무언가를, 놔선 안 되는 무언가를, 놓으라고 속삭이는 것만 같았다.

도와줄 사람은 없다. 구원의 손길은 없다. 기적도 없다.

존재하는 건, 머지않아 다른 누군가가 될 거라는 가혹한 현실뿐이다.

잊어선 안 된다.

그녀의 존재를, 잊어선 안 된다. 매달려야만 한다. 끌어안아야만 한다. 아아, 하지만 손가락, 손가락이 떨어지고 있다. 저 나락에 떨어지면, 나는 누구도 도와줄 수 없다. 그렇게 되면 끝이다. 끝까지 힘내라, 버텨라, 버텨라—!

……아아, 하지만.
버텨봤자, 의미는 없다.

그렇다.
결국 결말은 달라지지 않는다.

나는, 이름도 떠올릴 수 없는 그 사람과,
머지않아 틀림없이 이별하게 될 테니까.

여분의 생각이, 나에게 치명적인 타격을 가했다. 나는 폭풍에 휩싸인 채, 비명을 지르며 나락으로 떨어졌다.
나는 자신이 누구인지도 잊은 채, 소중한 사람이 누구인지도 잊은 채.
너무나도 허무하게, 굴러떨어졌다.

—아아, 아아. 너무나도 간단하군요. 어차피, 이것밖에 안되는 건가요.

어이없다는 듯한, 경멸하는 듯한, 그와 동시에 왠지 안도한 듯한 한숨이.

　들린 듯한 느낌이 들었다.

◇

　게부라에서 호크마로 고속이동. 도중에 존재하는 문은 카 [게이트]

가리케 하라카가 억지로 열었다.

　게이트를 열고, 【하늘에 이르는 길】를 달려서 호크마로 향 [샤마임 크비슈]

했다.

　"하지만, 사부. 왜 호크마가 결전장으로 정해진 거야?"

　하라카는 머리를 긁적이며 답했다.

　"아…… 내가 어려운 이야기를 잘 못 한다는 건 창도 알

지? 그러니까, 저기, 실은 나도 잘 몰라."

　"알아. 그러니 답은 기대 안 했어. 방금 그건 사부한테서

아리아드네한테로 이야기를 돌리기 위한 밑밥이야."

　"그런 밑밥이 필요해? 뭐, 됐어. 아리아드네, 설명 부탁해."

　"뭐어~…… 귀찮은데~…….'

　"그래도 부, 탁, 해!"

　"아까, 히비킹 상대로 말 왕창 했는데~……. 뭐, 어쩔 수 없

나. 하지만 나중에 마야한테 다시 물어봐. 내 설명은 대충대

충이거든~."

　그렇게 말한 아리아드네는 작게 숨을 내쉬었다.

(여기서부터는 아리아드네의 이야기)

뭐가 궁금하댔더라? 아, 맞다. 호크마 말이지~? 이제 숨겨봤자 소용없을 테니 이야기해주는 건데~. 호크마는 『조절』의 영역이야~. 인계의 영력을 조정해서, 모든 영역으로 보내~. 예를 들자면 눈에 보이지 않는 수도관과 눈에 보이지 않는 물이 있고, 그게 인계에 영력을 보내주고 있다고 생각하면 되려나~?

그래서 말이지. 우리는— 나와, 하라카와, 마야는 누군가가 그걸 악용할까 걱정했어~. 왜인지는 말 안 해도 알지~?

영력을 인위적으로 조작할 수 있다면, 조작할 수 있는 준정령이 절대적인 지배자가 돼. 우리가 그걸 안 건, 호크마에서 나쁜 짓을 하던 준정령을 퇴치했을 때— 그래. 악용하기 직전이었어~.

"아, 그때는 힘들었어. 우리가 도미니언이 될락말락 하던 시기의 일이잖아. 꽤 오래전 일이네."

그래~. 하라카도 나이 꽤나 먹었네~. 화내지 마, 화내지 마~. 농담한 거야~.

자…… 하던 이야기를 계속할게~. 그 준정령과 싸웠던 우리는 결심했어. 앞으로 아무리 신뢰할 수 있는 친구가 생기더라도, 이 사실은 알려주지 않기로 말이야.

아아, 개운해라.

드디어, 이 비밀을 이야기했네.

아무리 친한 사람이라도, 믿을 수 있는 애라도, 이것만은 알려줘선 안 됐어. 참고로 하라카와 마야와도, 이 일 때문에 아주 약간 서먹하게 지냈다니깐~.

"그럴 만도 해. ……눈앞에 있는 친구가, 마음을 조금만 나쁘게 먹더라도 인계가 멸망할지도 모르거든. 서로가 서로를 무서워한 거야."

맞아.

하지만, 그 덕분에 나는 두 사람을 좋아하게 됐어~. 두 사람이 무슨 생각을 하고 있는지 알려고 한 덕분이야. 지금 하라카는 배가 고프구나. 마야는 새로운 책을 읽고 싶어 하는구나, 같은 식으로 말이지.

"으, 으음. 좀 부끄러운걸……. 나는 네가 자고 싶어 한다는 것 말고는 전혀 모르겠는데……."

그야 자고 싶단 생각 말고는 해본 적 없거든.

……자. 퀸이 처음으로 목격된 건 제3영역(비나)이라는 게 정설이야. 그녀는 이 영역에서 『발생』했고…… 그 후로 엠프티들을 수하로 삼아서 각 영역에 쳐들어갔어.

다들 처음에는 때때로 나타나는 좀 강해졌다고 기고만장(자기 잘난)해진 준정령(맛에 사는 여자애)이라고 생각했어~. 실제로 그런 준정령이 한 번씩 나타나기도 하지만~.

금방 다르다는 걸 알았어.

침공 속도가 비정상적이기도 한데, 무엇보다— 그녀는 **이 인계를 멸망시키는 것을 전제로 싸우고 있었어.** 그리고, 멸망시키기 위한 **무언가**가 각 영역에 어딘가에 있다는 확신을 가지고 있었던 거야~.

그리고 몇 번의 침략 끝에, 그녀는 결국 알고 만 거겠지~.

호크마야말로, 목적지— 자신이 신으로 승화되기 위한, 약속의 땅이라는 걸.

◇

"……그렇게 된 거군요."

토키사키 쿠루미는 그렇게 중얼거렸다. 중얼거리면서, 자기 총을 본 후— 아리아드네를 다시 쳐다보았다. 아리아드네는 움찔했다— 경계심을 드러내듯 말이다.

하라카도 마찬가지였다.

"퀸과 같은 짓을 벌일 생각은 없으니 안심하세요."

"신용할 수 있다면 좋겠는데 말이야~."

"신용 못 해도 괜찮답니다. 하지만, 과도하게 긴장하면 그 탓에 중요한 전투 도중에 정신적으로 피폐해질 수 있어요."

아리아드네는 그 말을 듣고 탄식을 토했다. 그녀의 말이 옳기에, 그리고 그런 배려 탓에 가슴이 술렁이는 듯한 불안이 엄습했다.

이상하다고 생각하며 고개를 갸웃거렸다. 원래 토키사키 쿠루미에게 이 사실을 밝히기로 정해뒀다. 빠르든 늦든 결국은 들킬 일이며, 입 다물고 있는 편이 오히려 더 불안한 것이다.

아까와 지금 사이에 어떤 차이가 있는지— 이해했다.

지금 이 자리에는 히고로모 히비키가 없다. 언뜻 보기에 쿠루미는 평소와 다르지 않아 보이지만, 히키비를 잃은 그녀에게서는 말로 형용할 수 없는 불안함이 느껴졌다.

기댈 곳이 없는, 돌아갈 곳이 없는…… 울고 있는 미아 같은 느낌이다.

그런 덧없음과 상반되는 듯한, 초월적인 전투능력과 살의.

너무나도 언밸런스한 지금의 토키사키 쿠루미는, 마음만 먹으면 세상을 멸망시킬지도 모른다. ……히비키가 있다면, 그녀의 무신경한 발언 혹은 그 순진무구한 사랑 탓에 한숨을 푹 내쉬며 평소의 쿠루미로 되돌아왔을 것이다.

"히비킹이 있다면……."

"히비키 양이 있더라도, 결론은 달라지지 않았을 거랍니다."

쿠루미가 그렇게 말하자, 아리아드네는 모호한 미소를 머금었다. 반론을 하든, 찬동을 하든, 왠지 말꼬리를 잡힐 듯한 예감이 들었다.

"다들, 이야기를 나누는 사이에 도착했어."

하라카가 그렇게 말하자, 아리아드네는 허둥지둥 멈춰 섰다. 이미 게이트는 개방되어 있었으며, 건너편에 있는 호크마가 보였다.

"우와아, 오래간만이네~……."

이제 자기가 죽을 때까지 이 영역에 올 일은 없을 거라고 여겼다. 하라카와 아리아드네가 이 호크마에 온다면, 인계를 멸망시키려는 의지가 있다고 여겨질 수 있는 것이다.

게이트 너머에는 좁은 통로가 있었다. 벽과 바닥과 천장은 책장으로 되어 있고, 책으로 뒤덮여 있었다……. 불가사의하게도, 천장의 책은 바닥에 떨어지지 않았다.

"……침공을 당한 건 아니겠죠?"

쿠루미가 그렇게 묻자, 하라카가 고개를 끄덕였다.

"만약 그런 일이 벌어졌다면, 전언을 남기기로 되어 있거든. ……아무것도 없는 걸 보면, 아마 괜찮지 않을까?"

"……영력은 안정되어 있어. 전투 상황 특유의 흐트러짐도 느껴지지 않아. 전멸이라도 당한 게 아니라면 괜찮아. 전멸당한 게 아니라면."

하라카는 얼굴을 한껏 찡그리더니, 「그런 소리 하지 마」 하고 말하며 창의 머리에 꿀밤을 날렸다. 창은 왠지 기뻐하면서 그 꿀밤을 맞았다.

"너희가 먼저 왔구나. ……다행이야."

담담한 목소리가 들려왔다. 목소리가 들린 방향을 쳐다보니, 평소와 마찬가지로 무거워 보이는 책을 안아 든 유키시로 마야의 모습이 눈에 들어왔다.

"야호, 마야~."

아리아드네가 손을 흔들었다. 하라카도 그녀의 얼굴을 보고 안심한 건지, 아무 말 없이 엄지를 세웠다.

"……다들 괜찮아 보여 다행이야."

마야는 웬일인지 미소를 지으며 아리아드네와 하라카를 환영했다. 그 미소를 보자, 아리아드네는 가슴이 옥죄어드는 느낌이 들었다.

"응, 다행이야~……."

아리아드네가 젖은 목소리로 그렇게 중얼거리자, 하라카는 쓴웃음을 흘렸다.

"아니, 전혀 다행이 아니거든?"

하라카도 알고 있었다. 아리아드네의 중얼거림은 비밀에서 해방된 기쁨과— 결국, 절친 중 누구도 배신하지 않았다는 점을 언급하고 있었다.

그 비밀은, 소녀들에게 너무나도 무거웠다. 믿고 싶다는 마음과, 그렇기에 배신하고 싶지 않다는 소망이 있었다.

곧 싸움이 시작되겠지만.

곧 사라져버릴지도 모르지만.

그래도, 이렇게…… 비밀에서 해방된 채 함께 할 수 있다는 것이, 세 사람은 너무나도 기뻤다.

"그런데, 마야 양. 여기가 결전장이 맞나요?"

쿠루미가 그렇게 묻자, 마야는 헛기침을 하며 현실로 되돌아왔다.

"유감스럽지만 그렇게 될 것 같아. 당신들의 분투를 기대할게."

"시스투스와 꺄르프 양은 어떻게 됐죠?"

"따라와."

마야는 앞장을 서며 일행은 어딘가로 안내했다.

"토키사키 쿠루미. 왜 호크마가 결전장이 된 건지는 들었어?"

마야는 걸음을 옮기며 물었다.

"네, 아리아드네 양에게서 얼추 듣긴 했답니다."

"그렇구나. ……우리는 당신을 믿을 수밖에 없어. 부탁하니까, 선택하지 말아줬으면 해."

"인계의 멸망을, 말인가요?"

"응. 퀸과 싸운 후, 우리가 당신을 막을 수 있을 거란 생각은 들지 않거든."

"저 또한, 무사할 거란 보장이 없죠―."

쿠루미는 그다음 말을 입에 담지 않았다. 그 말을 입에 담은 순간, 전부 끝나버릴 듯한 느낌이 들었다.

―여왕을 처리한 후, 당신들과 싸운다면 말이에요.

토키사키 쿠루미는 냉철하고, 냉혈하며, 비정할 뿐만 아니라, 잔혹하지만…….

그래도.

세계를 멸망시키는 것을, 금기라 여기고 있다. 하지만, 이것을 어떻게 전하면 좋을까. 그리고 어떻게 설명하면 믿어줄까.

아~, 음~.

그런 영문 모를 신음이 입에서 흘러나왔다. 쿠루미는 최대한 고개를 돌리더니, 한 덩어리가 되어 있는 마야와 아리아드네와 하라카에게만 들릴 목소리로 말했다.

"……히비키 양이 있는데, 그런 어리석은 짓을 할 리가 없잖아요."

세 사람은 그 말을 듣더니, 서로를 쳐다보며 쓴웃음을 흘렸다. 창은 자기만 따돌려진 듯한 느낌을 받고 약간 울컥했다.

◇

"쿠, 루, 미, 님——!"

충견처럼 뛰어온 이는 비나의 전 도미니언인 꺄르뜨 아 쥬에였다.

수려한 외모, 귀공자 같은 옷과 비단 모자, 중요한 순간에 실수 연발, 부하로 둔 네 장의 트럼프에게 얕보이고 있는 얼간이 등, 속성을 과다 탑재한 소녀다.

"오래간만이에요! 정말 뵙고 싶었어요!"

"아, 네. 정말 오래간만이군요……. 그리고 보니, 이제 겨우

두 번째 조우하는 것 아닌가요? 저는 당신의 부하인 스페이드^(에이스) 씨와 더 친분이 깊은 느낌도 드는데…….”

쿠루미가 그렇게 말하자, 네 장의 트럼프— 그 중 스페이드가 손뼉을 쳤다. 그녀는 납작하지만, 감정 표현과 행동거지는 인간 그 자체였다. 참고로 스페이드는 일본도를 들고 있는 흑발의 용감한 소녀다. 트럼프라서 조형이 약간 데포르메되어 있기는 하지만 말이다.

『어, 듣고 보니 그렇소이다. 소생이 주군보다 더 친분이 깊소이다. 이야, 송구하오, 주군.』

“이 트럼프, 미안해하는 느낌이 눈곱만큼도 없네! 주인을 좀 배려하란 말이야!”

『그런 생각은 딱히 없소만…….』

스페이드를 껑충껑충 뛰면서 어깨를 으쓱했다.

“으으, 부하들에게는 얕보이고, 퀸에게는 박살이 나고……나는 정말 불행해…….”

『우리의 우두머리여, 살아있는 것만으로도 다행이라고 여기도록!』

클로버가 그렇게 말하자, 쿠루미는 쓴웃음을 흘리며 고개를 끄덕였다.

“저 트럼프 씨의 말이 맞아요. 퀸 상대로 살아남은 것만으로도 다행이에요, 꺄르뜨 양.”

“그건 그렇지만…… 흑흑.”

『이야. 우리가 이런 말을 하는 것도 좀 그렇지만, 정말 박살이 났었소이다.』(스페이드)

『저희도 거의 전멸했습다』(다이아^나인)

『저희가 순식간에 쓸려나가서, 울먹이며 벽 속으로 도주~ 같은 느낌이었네요~』(하트^트웰브)

"너희는 죽으면 다른 사람으로 바뀌는데, 왜 그런 쓸데없는 건 기억하고 있는 거야?!"

『선대의 선대의 또 선대가 세세하게 메모를 남긴 덕분인 것으로 알도록!』

"메모?!"

『물론 주인님의 쪼끔 부끄러운 비밀이나 네가 무슨 사랑에 빠진 소녀냐~ 같은 에피소드도 가득 들어있습다.』

『주군이 우리에게 횡포를 부릴 경우, 이 메모를 인계 전체에 흩뿌릴 작정이외다.』

『정신적 대미지는 추정 10000 오버이니 만만세네요~!』

"너희들, 진짜로 무시무시한 짓을 꾸미고 있구나! 그리고 정신적 대미지의 기준이 뭔지 좀 신경 쓰여!"

"……트럼프들, 그걸 얼마에 팔 거야? 비밀을 확보해두고 싶어."

마야가 흥미를 보이자, 꺄르뜨는 꺄아~ 하고 비명을 질렀다.

훈훈하면서도 어이없는 그 소동을 쳐다보던 쿠루미의 어깨를 누군가가 가볍게 두드렸다.

"어머, 시스투스[저]."

노란색 해바라기를 연상케 하는 영장을 걸친, 또 한 명의 토키사키 쿠루미― 비나에 잡혀 있던 분신이다.

"이곳저곳으로 끌려다닌 끝에, 결국 호크마에 도착하고 말았답니다. ……여기가 여왕에게 있어 희망의 땅[카난]인 거군요."

"그런 것 같아요."

쿠루미는 시스투스의 얼굴을 힐끔 쳐다보았다. 자신과 똑같은 얼굴을 지녔지만, 자신과 다른― 길이 갈라진 존재.

"시스투스. 질문이 하나 있어요."

"네, 말해보세요."

"저는 현실 세계로 돌아갈 거예요. 지금도 그 마음에는 변함이 없죠. 당신은 어떻게 할 건가요?"

시스투스는 침묵했다. 쿠루미는 그녀가 입을 열 때까지 기다리기로 했다.

"……저희에게는 목적이 있답니다. 그것은 그 무엇보다도 우선해야만 할 일이죠."

시스투스의 말을 들은 쿠루미가 고개를 끄덕였다.

"그래요……."

시원의 정령 타도, 그것이 모든 토키사키 쿠루미의 목표이자, 목적이며, 꿈이다.

【헤트】로 창조한 분신 또한, 그리고 건너편 세계에서 싸우고 있을 본인에게 있어서도, 그것은 최우선 사항이다.

"……그러니, 돌아가야만 한답니다."

시스투스는 괴로운 듯한 어조로 그런 결론을 내렸다. 쿠루미는 그 말에서 다양한 감정을 느꼈지만, 지적하지는 않았다.

"그렇지 않아요, 저."

똑같은 얼굴을 지녔고, 똑같은 목소리를 지녔다. 말투 또한 같고, 같은 무기를 사용한다.

하지만 쿠루미(자신)와 시스투스(그녀)는, 지금까지 걸어온 길이 다르다.

쿠루미는 모른다— 시스투스가, 비나에서 어떤 처참한 일을 겪었는지.

시스투스는 모른다— 쿠루미가, 히고로모 히비키와 함께 어떤 나날을 보냈는지.

분신일지라도 개별적으로 행동할 경우, 그동안 축적된 경험은 그 분신만의 것이다. 환희도, 공포도, 비애도, 전부 말이다.

"맞아요. 그렇지 않아요. —그런데, 히고로모 히비키 양은 어떻게 된 거죠?"

"납치당했답니다."

쿠루미는 시스투스의 질문에 태연히 답했다.

"……괜찮나요?"

시스투스가 불안 섞인 어조로 그렇게 말하자, 쿠루미는 자신만만한 웃음을 흘렸다.

"전부터 예상해왔던 일이니까요. 여왕이라면 **그럴 것**이라고 저와 히비키 양은 확신하고 있었답니다. 그런 만큼, 대책을 세울 수도 있었죠."

"대책……."

"우선, 가장 불안한 점은 히비키 양의 목숨이지만…… 살해가 아니라 납치를 택한 걸 보면, 그 점은 걱정하지 않아도 될 거라고 생각해요. 귀찮음을 감수하며 히비키 양을 납치한 건, 그럴 만한 이유가 있을 테니까요."

"이유…… 정보 수집을 위해서일까요?"

"아뇨. 퀸이라면 저에 대한 정보를 전부 파악하고 있을 테죠. 저의 전투 스펙에 관한 정보도 입수했을 거랍니다. 그렇다면, 그 악마가 꾸밀 짓은 하나뿐이죠. 시스투스라면 짐작이 될 텐데요?"

"……**적으로 만든다**."

시스투스가 그렇게 답하자, 쿠루미는 고개를 끄덕였다. 하지만, 시스투스는 불안한 듯이 눈썹을 찌푸렸다.

"즉—『저』는 히고로모 히비키 양과…… 싸울, 생각인가요?"

죽일, 이라고 말하는 것을 시스투스는 주저했다. 쿠루미는 빙그레 웃으며 고개를 끄덕였다.

"네, 네. 싸울 거랍니다. 하지만, 그건 이미 각오한 바죠. 싸우고, 승리해서— 저는, 무엇도 빼앗지 못하게 할 거랍니다."

싸우고, 승리하는 것만으로는 안 된다. 왜냐하면, 퀸에게 있어선 싸우게 하는 것만으로도 승리라 할 수 있는 것이다. 쿠루미의 마음에 상처를 입힐 수 있을 거라 여기리라.

싸우고, 승리해서— 빼앗지 못하게 한다.

"……히비키 양을 구할 생각인가요?"

"네, 네. 저는 정령, 토키사키 쿠루미. 그 정도는 꿈을 꾸는 것보다 간단한 일이랍니다."

히고로모 히비키는, 토키사키 쿠루미의 동료다. 그러니, **무슨 수를 써서라도 되찾고 말겠다.**

"저는 참 욕심이 많군요."

"어머, 그걸 이제 안 건가요?"

쿠루미는 웃었고, 시스투스 또한 웃었다.

"그리고 시스투스. 퀸의 정체 말인데—"

"……네?"

시스투스는 어리둥절하다는 듯이 고개를 갸웃거렸다.

"그건, **토키사키 쿠루미의 반전체가 아니랍니다.**"

"뭐라고요……?!"

시스투스가 아연실색한 듯한 표정을 짓자, 쿠루미는— 본인도 믿지 않는 정보를, 조용히 입에 담았다.

"그녀는, 야마우치 사와. 저희가, 아직 순진무구한 소녀였던 시절에 사귀었던 소중한 친구. 여왕의 정체는 바로 그녀랍니다."

시스투스는 너무 놀란 나머지 얼이 나간 듯한 어조로 중얼거렸다.

"사와…… 양……?"

시스투스도 분신인 이상, 인간이었던 시절의 기억을 공유하고 있을 것이다. 토키사키 쿠루미가, 평범한 소녀였던 시절에 사귀었던 소중한 친구.

"하지만, 사와 양은—."

"네. 제가…… 정확하게는, 본체인 제가 사와 양을……."

죽였다. 불꽃을 흩뿌리는 괴물이 되고 만 그녀를, 인정사정없이 쏴 죽였다. 정의의 사도란 착각에 빠져, 괴물의 정체도 확인하지 않은 채…… **그 여자**의 말에 따르고 말았다.

"어떻게…… 할 건가요?"

애절함이 어린 그 질문에, 쿠루미는 힘찬 목소리로 답했다.

"싸우겠어요. 적인 이상, 맞서겠어요. 단호하게, 그녀를 제거하겠어요. 과거라면 몰라도, 지금의 그녀는— 명백한, 죄인이니까요."

그렇다.

야마우치 사와가 아무리 상냥한 소녀일지라도, 쿠루미에게 둘도 없는 존재일지라도…….

지금, 그녀는 인계를 멸망시키려 하고 있다— 그것이 죄가 아니라면, 무엇일까.

"그건 그렇고, 설마 사와 양이라니……."

시스투스는 말문이 막히고 말았다. 이미지가 너무 다른

것이다.

"그래요. 그녀는…… 정말 사와 양인 걸까요?"

"그녀와 마주한 건,『저』였죠?"

시스투스가 그렇게 묻자, 쿠루미는 망설이며 고개를 끄덕였다.

퀸에게는 특유의 기운이 존재한다. 처음 본 순간, 반드시 쓰러뜨려야만 한다는 확신이 들게 하는 무언가가 있다. 하지만 히고로모 히비키를 납치할 때의 목소리와 어조는 야마우치 사와가 틀림없었다.

"그 목소리를, 제가 잊을 리 없으니까요."

과거란 이름의 창고 안쪽의 가장 깊숙한 곳. 그곳에 자물쇠를 채워 엄중하게 봉인해둔 기억.

그것이 순식간에 깨어날 때의 충격은, 말로 형용할 수가 없다.

"하지만…… 이제까지 저희는 퀸이 토키사키 쿠루미의 반전체라고 예상했잖아요."

시스투스의 반론.

그녀의 말대로, 목소리를 들을 때까지는 토키사키 쿠루미 또한 퀸을 반전체라고 여겼다. 반전한 토키사키 쿠루미의 분신…… 혹은 그 이외의 무언가라고 추정했다.

"얼굴도, 능력도, 전부 반전체의 특성을 지니고 있었어요."

그녀가 쓰는 마왕은 〈루키프구스〉— 천문시계와 사브르

와 총으로 구성된, 〈자프키엘〉과 대비를 이루는 것이다.

공간을 지배하는 그녀의 능력을 고려해봐도, 역시 반전체일 거란 확신이 들었다.

그렇다. 그 점은 틀림없다. 야마우치 사와가, 우연히 토키사키 쿠루미와 대비를 이루는 능력을 지녔다— 우연이라기엔 너무 잘 맞아들어갔다.

게다가 퀸의 얼굴은…… 토키사키 쿠루미와 똑같았던 것이다.

"토키사키 쿠루미. 잠시 나 좀 봐."

이야기가 일단락됐다고 여긴 건지, 마야가 말을 걸어왔다.

"이미 호크마로 이어지는 문은 봉쇄했고, 내 부하인 준정령들은 다른 영역으로 피난했어. 바리케이드는 곧 완성되지만, 나는 전쟁에 익숙하지 않거든. 의견을 구하고 싶어."

"흐음……."

거대한 바위기둥이 줄지어 세워진— 거대한 방수로를 연상케 하는 장소. 마야의 말에 따르면, 이 통로 너머에 제1영역으로 이어지는 게이트^{케테르}가 있다고 한다.

그래서 그녀들은 우선 이곳에 바리케이드를 만들었다. 기둥과 기둥 사이를 철저하게 막아서, 거대한 성벽을 설치한 것이다.

"일단 철저하게 수비에 전념해봤는데……."

"뭐, 일단 적절한 판단이라고 생각해요. 하지만 상대방의 예상을 넘어서진 못할 것 같군요."

"저기."

창이 손을 들었다.

"창 양, 왜 그러죠?"

"토키사키 쿠루미는 총잡이라서 농성전에 적합하겠지만, 나는 직접 타격파라서 농성전에 적합하지 않아. 어쩌면 좋을까?"

"……저기, 이 중에서 원거리 전투가 특기인 분은 손을 들어주시겠어요?"

카가리케 하라카, 유키시로 마야, 시스투스가 손을 들었다. 아리아드네는 고개를 저었다. 그녀의 무명천사는 실이며, 늘리더라도 근거리~ 중거리 전투가 한계다. 원거리 전투에는 적합하지 않은 것이다. 꺄르뜨는 트럼프와 함께 행동하기 때문에, 근거리 전투가 기본이다.

"공격조와 방어조로 나눠야겠군요."

"분단되지 않을까?"

"그러니 그 둘을 이어줄 사람이 필요해요. 카가리케 하라카 양, 당신은 근거리전 뿐만 아니라 원거리전도 소화할 수 있는 타입이죠?"

하라카는 히죽 웃으며 가슴을 두드렸다.

"나만 믿어. 그런데, 구체적으로 나는 뭘 어쩌면 돼?"

"창 양과 함께 싸우면서, 방어조가 불리해졌을 때는 그쪽을 지원해주세요. 거꾸로 여유가 생긴다면 근거리전을 수행하는 거죠. 즉, 유격전 담당이랍니다."

"오케이. 나는 단거리에선 전이와 고속이동도 가능하거든. 그러니 어떻게든 될 거야."

"그럼, 근거리에서 싸우는 건 나와 아리아드네와 꺄르뜨인 거구나."

"아뇨. 저도 공격조에 참가하겠어요."

"토키사키 쿠루미도?"

"네. 생각해보세요, 창 양. 저한테 방어가 어울릴 것 같나요?"

"안 어울려. 토키사키 쿠루미는, 기본적으로 상대를 짓이긴 후에 쓰레기통에 처넣는 타입이야."

"……칭찬이죠?"

쿠루미가 미심쩍어하자, 창은 고개를 끄덕였다.

"칭찬 그 자체야. 하트 마크를 붙여도 돼."

"정말, 내 제자는 커뮤니케이션 쪽으로 문제가 많은걸……."

하라카는 퉁명한 어조로 중얼거렸다.

"즉, 나와 시스투스가 방어, 다른 이가 공격. 하라카가 중진……인 거구나."

"괜찮네~. 밸런스가 잡혔다고 생각해~."

"시스투스는 장총으로 저희를 엄호해주세요."

"바쁠 것 같군요……."

"인원이 조금만 더 많다면, 다른 식의 대응도 가능하겠지만……. 지원군을 기대해도 될까요?"

쿠루미가 그렇게 묻자, 마야는 눈을 내리떴다.

"일단…… 각 영역의 도미니언에게 지원을 요청해뒀어. 하지만, 너무 기대하진 않는 편이 나을지도 몰라."

"어째서죠? 시간 안에 올 수 없는 건가요?"

"……그럴 가능성도 있지만, 나는 지원을 요청하면서 이렇게 말해뒀어."

—지원을 와주면 감사하겠지만, 전투가 끝난 후에 기억을 지우게 해줬으면 해.

"마야, 그걸 말한 거야~?"

"숨겨선 안 된다고 생각했어. 지금까지 쭉 숨겨왔는걸. 우리에게 목숨을 맡기라고 말해놓고, 싸움이 끝난 후에 기습하는 건 좀……."

"인계의 위기니까, 그런 것까지 신경 쓰지 않아도 되지 않을까요?"

평범하게 지원군을 요청한 후, 나중에 적당히 이유를 둘러대며 기억을 지우면 된다. 아니면 괜한 소리 자체를 하지 않으면 된다.

하지만, 마야는 그럴 수 없는 것 같았다.

"……나는 아리아드네, 하라카와 함께 도미니언 중에서 고참에 속해. 쭉 도미니언으로 살아오며 인계를 운영해왔어. 새로운 도미니언이 나타날 때마다, 신용해도 될지 필사적으로 알아봤어. 다들 내 추악한 본성을 모른 채…… 친하게 지내줬던 거야."

과거에 제10영역을 지배했던 『인형사』같은 예외를 제외하면, 대부분의 도미니언은 구김 없고 순수한 혹은 믿음직하고 성실한 소녀였다.

도미니언이 모여서 이야기를 나눌 때면, 아무리 중요한 사안 때문에 모였더라도— 즐거웠다.

"배신자나 세뇌된 자가 나올 때마다 슬펐어. 슬펐지만, 퀸이 나타나기 전에는 다들…… 자기 본분을 다했어."

낙담의 표정— 슬픔에 찬 표정.

아리아드네는 아아, 하고 깊은 탄식을 터뜨렸다. 고지식하고, 책을 좋아하며, 약간 거리감이 느껴지던 유키시로 마야란 소녀는……. 도미니언들과 때때로 나누는 교류를, 진심으로 좋아했다.

"마야……."

하라카가 말을 걸자, 마야는 옷소매로 눈가를 닦았다.

"실례했어. 아무튼, 지원군이 온다면 정말 고맙고 기쁘겠지만……. 친구를, 이 일에 휘말리게 하고 싶지 않아."

"우리는 괜찮은 거야?"

"괜찮지는 않아. 하지만…… 이미 운명 공동체니까……."

"유키시로 양. 남을 휘말리게 하고 싶지 않다는 당신의 마음은 옳고, 존중받아 마땅하겠죠."

시스투스가 입을 열었다. 마야는 한 방 먹은 듯한 표정을
지으며 고개를 끄덕였다.

"으, 응."

"하지만 이것만은 잊지 마세요. 당신이 우정을 느꼈다면,
아마 상대방도 같은 감정을 느꼈을 거랍니다."

"뭐?"

"머지않아 제 말이 이해될지도 모르겠군요. 자, 이제 전술
을 짜보도록 할까요. 누가 지시를 내리겠어요?"

"그거야…… 쿠루밍 아냐?"

"토키사키 쿠루미, 넘버원."

"역시 네가 적당할 거야."

"『저』, 부탁할게요."

전원의 시선이 토키사키 쿠루미에게 집중됐다. 그녀는 가
볍게 헛기침을 한 후, 말했다.

"그럼 여러분. ─결전을 준비하죠."

　　　　　　　　　　　　　　　　──비나【샤마임 크비슈】.

나이트, 비숍, 룩.

체스말을 연상케 하는, 퀸의 세 간부. 그녀들은 광기에 찬
엠프티들을 이끌며, 호크마로 이어지는 게이트를 열려 하고

있었다.

룩— 짜증을 내며 물었다.

"아직 열리지 않는 건가요?"

비숍— 냉정하게 대처.

"보안을 이렇게 엄중히 했다는 건, 상대방도 각오를 다졌단 의미겠지. 다른 영역일 가능성은 없겠어. 제한 시간이 있는 것도 아니니, 신중을 기하도록 하자."

나이트— 침묵. 아무래도 상관없다는 듯이 하늘을 멍하니 쳐다보았다.

"나이트. 당신은 어떻게 생각하죠?"

룩이 묻자, 나이트는 무기질적인 눈동자로 그녀를 쳐다보며 말했다.

"……아무래도 상관없어요. 언젠가 끝날 작업이니, 발끈할 필요는 없지 않나요?"

룩은 혀를 찼고, 비숍은 동의한다는 듯이 고개를 끄덕였다.

"그것보다 이렇게 엄중하게 잠겨 있다는 건, 상대방도 준비에 신경을 썼다는 거겠죠. 대책은? 설마 무모하게 돌격할 건가요?"

나이트의 질문을 들은 룩이 한순간 불쾌하다는 듯이 인상을 썼지만, 곧 뭔가가 생각났다는 듯이 빙그레 웃었다.

"아까 전까지 변화의 공포에 울고 있던 존재답지 않은 발언이군요."

나이트는 그 말을 듣고 어이없다는 듯이 룩을 쳐다보았다.

"예전에 뭐였다는 게, 저희한테 의미가 있어요?"

자신이 과거에, 누구였든— 지금은 아무래도 좋다.

자신이 과거에, 어느 쪽에 속했든— 지금은 여왕을 모시고 있다.

자신의 이름이, 무엇이었든— 지금은 나이트의 칭호를 받았다. 그걸로 됐다.

"그건…… 그렇죠."

"과거를 돌아보지 말고, 미래를 바라보죠. 게이트가 열리면, 저희의 여왕을 위해 적을 몰살하는 거예요. 그러기 위해 작전이 있는지 묻는 거죠. 저는 이제 막 태어난 만큼 당신들 둘이 정신 바짝 차리지 않는다면 곤란한데 말이죠."

"……나이트의 말이 맞아. 이제부터 작전을 설명하겠어."

비숍이 그렇게 말하자, 불만 어린 눈길로 나이트를 노려보던 룩도 투덜거리며 설명에 참가했다.

"대략적인 작전 개요는 이래."

"혹시 의견 있나요?"

비숍과 룩이 그렇게 말하자, 나이트는 하아…… 하고 한숨을 내쉬었다. 그 표정에는 경멸이 어려 있었다.

"……불만이라도 있나요?"

룩이 언짢은 어조로 그렇게 따지자, 나이트는 딱 잘라 대답했다.

"불만 천지예요. 이 허점투성이인 작전은 대체 뭐죠?"

    ^{클레임}의 위치 표기

"……그게 무슨 소리죠?"

"우선, 좌익 부대의 전개는 이 거대 복합형 몬스터에 의지하고 있죠? 하지만 『그녀』가 시간을 정지시킨다면, 무너지잖아요. 중앙에서 지휘하는 룩이 살아있다는 전제의 움직임인데, 룩이 전쟁 개시 5분 이내에 죽는다면 그걸로 말짱 꽝인거잖아요."

"뭐―."

"그건……."

룩은 분노를 터뜨렸고, 비숍은 말을 삼켰다.

"룩은 5분 버틸 자신이 있나요? **상대는 그녀예요.** 저희에게는 전투 기록밖에 없지만, 당신은 이미 두 번이나 패배했죠. 두 번째는 그야말로 순식간에 당했어요. 저희는 강하지만, 능력에는 변화가 없어요. 당신의 〈살륙장(殺戮將)〉은 상대방에게 샅샅이 파악 당한 상태죠. 안 그런가요?"

"그, 건…… 그렇, 지만……."

"……두려움을 느끼고 있군요, 룩. 기억은 없지만, 엄연한 사실은 존재하죠. 저희에게 주어진 공통 기억이, 그녀가 얼마나 두려운 존재인지 알려주고 있어요."

"……윽!"

"이래서야, 저희의 여왕을 위해 싸울 수 있겠어요?"

"……싸울 수 있어……. 싸울 수 있단 말이야! 네가 뭘 알아! 나는—."

룩은 자신이 과거에 무엇이었는지 떠올릴 수 없다. 떠올릴 수 없지만, 아무래도 상관없다. 그저, 자신이 여왕에게 있어 중요한 수족이라는 사실에 기뻐하고 있다.

여왕을 향한 헌신, 사랑, 자신을 바라봐준다고 하는 은혜에 보답하기 위해서라면. 목숨 따위 아깝지 않다.

"그런가요. 그렇다면 그 미지수의 희망에 가득찬 잠재능력 같은 뭔가가 해방되어 활약해주기를 기대할게요~."

그리고 그 고결한 결의를, 나이트는 말로 갈가리 찢어버렸다. 룩이 발끈하며 공격하려 했지만, 나이트의 살기를 느끼고 행동을 멈췄다.

"······같은 편끼리 다투려는 건가요? 그래가지고 헌신은 무슨······."

"관둬, 룩. ······나이트도 그만해. 우리의 작전에는 허점이 많아. 이제부터 대화를 통해 그 허점을 메우자."

비숍이 그렇게 말하자, 룩도 반성한 것처럼 고개를 숙였다.

나이트는 그런 그녀들을 향해 날카로운 어조로 이렇게 말했다.

"잘 들으세요. 여러분은 간부가 되어 강해진 덕분에 기고만장해졌을지도 몰라요. 하지만 저는 **그녀**를 잘 알아요. 웬만한 작전은 간단히 간파해서 역으로 이용할 거예요. 저희가 상대해야 하는 건, 여왕과 어깨를 나란히 하는 최강 최악의 정령― 토키사키 쿠루미니까요."

나이트는 그렇게 말하더니― 자신만만한 미소를 머금었다.

◇

―편지가 왔다.

그 편지를 받은 건 제9영역, 제8영역, 제7영역의 도미니언^{예소드 호드 네차흐} 및 그 후계자다.

즉, 키라리 리네무, 반오인 미즈하, 쥬가사키 레츠미, 그리고 사가쿠레 유이다. 보낸 이는 제2영역의 도미니언, 유키시로 마야다.^{호크마}

편지 겉면에는 혼자 있는 자리에서 읽어 봐달라는 요청이 적혀 있었다.

리네무 이외에는 그녀의 말에 따라, 혼자 있는 자리에서 편지를 읽었다. 리네무는 오픈 테라스의 카페에서 친구 및 스태프와 잡담을 나누며 편지를 펼치는 만용을 부렸지만, 그 내용에 놀란 나머지 허둥지둥 화장실로 이동했다.

마야의 편지는 문장이 약간 지리멸렬했다. 마야와 오래 알고 지냈던 리네무, 그리고 그녀의 정돈된 문장에 익숙했던 미즈하는 곧 뭔가 이상하다는 것을 눈치챘다.

그것은, 도움을 요청하는 편지였다.

그리고, 자기 죄를 고백하는 내용을 담고 있었다.

호크마에 숨겨져 있는 수수께끼와 그것을 밝히지 않았던 이유, 그리고 현재 상황.

퀸이 이끄는 군세가 그것을 알아냈고, 지금 쳐들어오려 한다.

……그리고. 만약 이 싸움에서 자신이 승리하더라도, **자신은 당신들을 신뢰하지 않으니 기억을 지울 것이다**, 고 적혀 있었다.

동요한 반오인 미즈하는 리네무를 찾아가 상의하려 했다.

쥬가사키 레츠미는 인상을 찡그리며 머리를 긁적였다.

사가쿠레 유이는 논리적이라고 생각했다.

그리고 키라리 리네무는…….

"……정말, 바보라니깐! 마야는 바보 천치!!"

땅이 꺼지도록 한숨을 내쉬더니, 변기에서 벌떡 일어나서 전속력으로 뛰어갔다.

◇

"방금 보안을 체크했어. 두 시간 후면 이 게이트가 강제적으로 열릴 거야."

마야가 비나로 이어지는 게이트를 쳐다보며 그렇게 말하자, 창은 고개를 갸웃거렸다.

"우리는 이미 준비를 마쳤어. 그냥 열지 그래?"

"이 두 시간의 여유를 다들 나름대로 보내줬으면 해서 말이야. 딱히 할 일이 없다면 그냥 열겠지만……."

"열지 마. 나는 좀 할 이야기가 있거든. 너희도 딱히 할 거 없으면 두 시간 동안 휴식을 취해."

하라카가 그렇게 말하자, 다들 그렇게 하자는 쪽으로 분위기가 흘렀다.

"그럼 마야와 아리아드네는 나와 잡담 좀 나누자~."

하라카가 두 사람의 어깨를 꼭 끌어안자, 마야와 아리아드네는 약간 귀찮아하면서도 좀 기쁜 듯한 반응을 보였다.

"『저』, 어떻게 할 건가요?"

시스투스가 묻자, 쿠루미는 한숨을 내쉬었다.

"혼자 있겠어요. 무슨 일 있다면 불러주세요."

"알았답니다. 저도— 그래요. 잠시 쉬도록 하겠어요."

쿠루미와 시스투스는 게이트를 등지고 섰다. 남은 건 창과 꺄르프 아 쥬에 + 네 장의 트럼프다.

"……쿠루미 님과 이야기를 나눌 기회가……!"

『혼자 있고 싶다는 소망을 망치는 건 옳지 않소이다.』

『독선적이라고 생각하도록!』

『그냥 우리와 노닥거리면 되지 않슴까.』

『그러기 위해 태어났단 생각이 드네요~!』

"……뭐, 맞는 말이긴 한데 말이야. 나, 왠지 커뮤니케이션 장애 같지 않아?"

꺄르뜨가 푸념을 늘어놓자, 네 장의 트럼프는 서로를 쳐다본 후에 한목소리로 말했다.

『뭘 새삼스럽게…….』

꺄르뜨는 무너지듯 무릎을 꿇었다. 전부터 어렴풋이 그런 느낌이 들긴 했지만…….

"그래……. 커뮤니케이션 장애였구나……."

한동안 트럼프는 내버려두고, 울먹이며 게와 놀아야지— 꺄르뜨는 맹세했다.

그리고, 창은 홀로 나왔다.

누군가와 이야기를 나누고 싶지만, 하라카와 쿠루미를 방해하고 싶지 않았다. 꺄르뜨와 시스투스와는 그다지 친하지 않았다. 그렇다면 혼자 있을 수밖에 없었다.

"두 시간 동안 뭘 하지……."

창은 멍하니 그렇게 중얼거렸다. 바리케이드 작업은 이미 끝났다. 영장의 조정도 끝났으며, 〈천성랑(天星狼)〉를 휘두르며 훈련을 했다간 바람 소리 때문에 남들이 시끄러울 것이다.

즉, 할 일이 없다.

할 일이 없기에, 창은 멍하니 생각에 잠겼다.

자신에게는 기억이 없다. 자기도 모르는 사이에 인계에 태어났고, 인계에서 수행을 했으며, 인계에서 싸워왔고, 인계에서 살아왔다.

상황에 휘둘리기만 했다고나 할까, 확고한 자기 자신이 그 이외의 모든 것을 전부 흘려 넘겼다고나 할까…….

싸우는 것은 즐겁고, 사부나 동료와 바보짓을 하는 것도 즐겁다. 목숨을 거는 것이 두렵지도 않다.

―그래? 하지만, 창. 나는 그게 슬픈 일이라고 생각해.

스승인 카가리케 하라카는 그렇게 말하더니, 머리를 거칠게 쓰다듬어줬다.

예전에는 그 말을 이해하지 못했다. 하지만, 지금은 어렴풋이 이해될 것 같았다.

자신의 콧대를 눌러준 소녀가, 이 인계를 떠나려 하고 있다.

그녀는 과거를 소중히 여기고 있으며, 그렇기에 미래를 거머쥐려 하고 있다.

과거를 돌아보지 않는다, 는 말은 흔히 듣는다. 하지만 과거를 소중히 여기기에, 보이는 것도 있으리라.

하지만 드러누워서 하늘을 올려다본들, 아무것도 생각나지 않았다.

토키사키 쿠루미는 건너편 세계에 갈 거라고 말했다.

그렇다면, 자신은 어쩌면 될까.

"……**어쩌지?**"

어쩌지, 란 구체적으로 창^{자신}이 뭘 한다는 의미인 걸까.

구체적인 행동은 정해져 있으며, 그것을 할지 말지 선택이 가능하다고, 무의식적으로 자신은 정해둔 것일까.

즉, 그것은―.

"……그래. 알겠어."

창은 인생의 중요한 선택지가 눈앞에 존재한다는 것을 그제야 이해했다.

시스투스는 꽃을 좋아한다. 이것은 토키사카 쿠루미의 분신이면서, 이례적인 상황에 처한 영향이리라고 그녀는 인식하고 있다. 물론, 토키사카 쿠루미 또한 꽃을 싫어하지 않는다. 아마 좋아하는 편일 것이다.

하지만, 시스투스만큼 좋아할 리가 없다는 건 틀림없다.

비나에서 사로잡혀 온갖 것들을 빼앗긴 그녀에겐, 꽃만이 구원이었다. 안뜰에 흐드러지게 핀 꽃만이, 시스투스를 위로해주는 유일한 수단이었다.

기억을 빼앗기고, 능력을 빼앗기고, 모든 것을 빼앗긴 그녀에게는, 그저 꽃만이―.

"……아아. 그래요……."

시스투스는 오래전에 깨달았던 사실을, 드디어 직시했다.

그녀가, 자신의 이름을 시스투스^{Cistus}로 정한 순간부터, 토키사카 쿠루미와는 동떨어진 존재가 되고 만 것이다.

그렇기에, 건너편 세계로 가고 싶다는 유혹을 참기 힘들다고 느끼지 않는다.

그저 허공을 둥실둥실 떠다니는 민들레 씨앗처럼― 자신

은, 떠 있다.

결정해야만 하는 순간이 찾아왔다고 시스투스는 생각했다. 하지만, 그것은 다음 싸움에서 살아남는다는 것을 전제로 한 이야기다.

애초에, 자신이 살아남을 수 있을지도 확실치 않다.

아니, 굳이 따지자면—

"참 짧은 인생이었군요."

시스투스는 그것도 개의치 않는다는 듯이 작게 한숨을 내쉬었다.

꺄르뜨는 홀로 우울해하고 있었다.

"하아……."

『왜 그렇게 풀이 죽어있는 검까.』

『아무래도 쿠루미 공에게 자신의 유감스러움이 드러난 게 신경 쓰여서 저러는 것 같소이다.』

트럼프들이 그런 말을 늘어놓자, 꺄르뜨는 그녀들을 노려보았다.

뭐, 사실이기에 반론은 못 하지만 말이다.

『하지만, 오히려 잘 됐다고 생각하도록!』

『그렇게 생각하는 게 좋겠네요~』

"……무슨 소리야?"

꺄르뜨는 트럼프들의 말을 듣고 고개를 갸웃거렸다. 네 장의 트럼프는 얼굴을 마주하며 수군거리더니, 가위바위보 끝에 스페이드가 앞으로 밀려 나왔다.

『……솔직히 말하겠소이다. 주공은 타인 앞에서 이미지를 너무 신경 쓰는 것 같소이다.』

"윽."

꺄르뜨는 뜨끔한 표정으로 가슴을 움켜쥐었다.

『정신적 스트레스를 어마어마하게 받으니, 중요한 순간에 실수하는 것이외다. 멋진 모습을 보여주려고 하다 실수를 하는 것이지요. 솔직히 말해 도미니언의 적성이 없소이다.』

"으…… 으으…… 말이 너무 심한 거 아냐……."

그 말을 듣고 보니, 진실을 폭로 당한다는 느낌만 들었다.

『뭐, 주공은 도미니언으로 초이스될 만큼 강하긴 하지요. 겉모습만 보면 카리스마도 있소이다. 하지만, 내실이 뒷받침해주지 못하고 있소이다.』

"커뮤니케이션 장애거든……."

『타인과의 교류를 무거운 짐으로 여기는 준정령도 있소이다.』

"하지만 쿠루미 님은 예외―."

『팬의 관점에서 꺄아~ 꺄아~ 거릴 뿐이니 그렇게 느껴지는 것이외다. 제대로 대화를 나누려고 하면, 아마 금방 머릿속이 펑크 나고 말 것이지요.』

"…………부정을 못 하겠어!"

꺄르뜨는 고개를 푹 숙였다. 스페이드는 하아, 하고 한숨을 내쉬며 어깨를 두드려줬다.

『지금 이대로도 괜찮소이다. 타인과의 교류라는 건, 무리해가면서 할 게 아니외다.』

"……뭐, 그럴지도 몰라."

꺄르뜨도 그 말에 동감했다. 타인이 눈을 반짝이면서 자기를 쳐다봐주는 건 좋다. 하지만 말을 걸어오는 건 질색이었다. 집에서 데굴거릴 때도, 남이 쳐다본다는 생각이 들면 편히 쉴 수가 없었다.

긴장감 넘치는 나날이 충실하게 느껴지기도 하지만, 동시에 정신이 마모되는 느낌도 들었다.

"좋아. 이 싸움이 끝나면, 나는─."

『왜 사망 플래그 같은 걸 세우려고 하는 것이오, 주공.』

"괜찮아. 이 싸움이 끝나면, 나는…… 은둔형 외톨이가 될 거야! 인도어 생활 만세! 감자칩과 콜라를 질리도록 퍼먹으며, 나태 그 자체의 생활을 하겠어! 타인의 눈 같은 건 신경 쓰지 않을래!"

『극단에서 극단으로 치달았슴다…….』

『뭐, 좋은 경향이라 생각하도록!』

『아무튼, 곧 시작될 싸움에서 최선을 다하는 게 좋겠네요~! 우선 살아남을 생각부터 하는 게 좋겠네요~!』

"물론이지! ……응. 적당한 목표가 생겼어. 파이팅이야!"

꺄르뜨는 뭔가에서 해방된 것처럼, 하늘을 향해 주먹을

치켜들었다.

유키시로 마야, 아리아드네 폭스롯, 카가리케 하라카도 셋이서 멍하니 하늘을 올려다보고 있었다. 하라카는 컵에 술을 따라서 나눠주려 했지만, 마야와 아리아드네가 단호히 거부했다.

"어째서야~."

하라카가 삐친 듯한 어조로 그렇게 투덜거리자, 마야는 컵을 빼앗으며 말했다.

"네 술버릇이 얼마나 나쁜지, 우리가 모를 거라고 생각하는 거야?"

"그래~. 하라카가 취했다 하면 정말 난리가 났거든~."

"그래?"

하라카가 고개를 갸웃거리자, 마야와 아리아드네는 시선을 교환하며 누가 먼저랄 것 없이 한숨을 내쉬었다.

"기억 못 하나 보네……."

"하라카의 기억력에 기대한 우리가 바보야."

"자, 자, 잠깐만. 진짜로 기억 안 나거든?! 어, 나는 술에 취했다 하면 사고를 치는 거야?!"

"……뭐, 그 일은 일단 제쳐두기로 하고~."

"아니, 제쳐두지 마. 나는 지금 그게 가장 중요한 일이란 느낌이 들거든?"

"셋이 모였는데 나쁜 짓을 꾸미지 않아도 되니까, 왠지 좋네~."

아리아드네는 평소의 어조 안에 약간의 쓸쓸함을 담으며 그렇게 중얼거렸다.

하라카도 그 말을 듣고 고개를 끄덕였다.

"……그래. 우리 셋은 그 비밀을 지키려고 필사적이었잖아."

이제 와서는 머나먼 추억이다. 그 사실을 알게 됐을 때의 충격과, 공포와, 의심을 떠올렸다.

"……나는, 너희를 의심했어."

"나도, 너희를 의심했지."

"실은, 나도 그래~."

각자의 그 쓰디쓴 고백은, 이제 와서 달콤한 추억과도 같았다.

"마야는 항상 자기 영역에 틀어박혀 지냈잖아. 같이 놀자고 해도 그다지 오지 않았어."

"……내가 호크마를 나서는 건, 너희가 어디 있는지 정확하게 판명됐을 때뿐이었거든."

"하라카는 여러 영역을 쏘다녔잖아~. 그래서 쪼끔 의심했다니깐~……."

한순간의 침묵.

휴우, 하고 한숨을 토했다.

"우리는 아무도 배신하지 않았던 거네~."

"너희를 믿었으면 좋았을 거야."

"그렇지 않아~, 마야. 신뢰할 만한 재료가, 어디에도 없었어. 그러니, 어쩔 수 없었어."

"—그래도."

마야는 또 소매로 눈가를 훔쳤다.

"나는, 너희와 친해지고 싶었어. 의심하고 싶지 않았어."

의심은 했다. 공포는 느꼈다. 그래서, 같이 놀 수 없었다. 친하게 지낼 때도, 그 행위에는 친애와는 다른 감정이 도사리고 있었다.

하라카는 그 말을 듣고 술을 들이켜려 했지만, 컵을 빼앗겼다는 것을 떠올리며 한탄했다. 그녀도 같은 의견이었다. 마야는 눈물을 흘렸고, 하라카는 거북한 듯이 고개를 돌렸다.

"……하지만, 최악의 사태는 벌어지지 않았어~."

아리아드네가 그렇게 말하자, 두 사람은 고개를 들었다.

"우리는 배신하지 않았던 거야~. ……솔직하게 말하자면, 나는 욕심이 난 적 있어. 계획을 짠 적도 있다니깐~."

"그건—"

아리아드네는 심술궂은 미소를 지으며 말했다.

"이렇게 됐으니 다 털어놔~. 생각해보거나, 일을 꾸민 적 있지 않아?"

두 사람은 그 말을 듣더니, 뜨끔한 것처럼 등을 꼿꼿이 폈다. 아까까지의 침통한 분위기가 사라지더니, 거북함과 멋쩍음이 어린 시선을 교환했다.

"……저기…… 몇 번…… 호크마를 살피러 간 적이…… 있는 것, 같기도……."

"몇 번…… 어떻게 하면, 영력을 조절할 수 있을지…… 여러모로 시도해본 적이 있는 것, 같기도……."

아리아드네는 아하하하하 하고 웃었다.

"그거 봐, 다들 생각해본 적은 있잖아~. 하지만, 이제 와서는 그냥 웃어넘길 일이지? 저기, 너희는 왜 배신하지 않았던 거야~?"

"그건—."

마야와 하라카는 당시의 심정을 떠올리려 했다. 손이 닿는 거리에, 자신을 인계의 정점에 서게 해줄 강한 힘이 있다. 계획을 짜서 실행에 옮긴다면 절대 불가능하지 않다고, 여겼다.

그런데 왜, 그러지 않았을까.

욕심이 없는 건 아니다. 마야와 하라카도 아욕을 지녔기에, 계획을 짰다.

하지만 최후의 순간까지 계획을 실행에 옮기지 않았던 것은—.

"나는 말이지~. 두 사람을 좋아해서 그런 거야~. 하라카가 화내겠지~. 마야를 실망시키겠지~, 같은 생각을 했어. 그러다 보니 영 내키지 않더라니깐~. 다 귀찮아지지 뭐야~."

"나도! ……나도, 그랬어. 너희를, 실망시키고 싶지 않았어."

"동감이야. 마야가 울겠네~. 아리아드네가 뚜껑 열리겠네~. 하고 생각했어."

아리아드네는 히죽 웃었다.

"응~. 그래서야~."

그렇다. 결국 배신을 용납하지 않은 건, 서로가 서로를 소중히 여겼기 때문이다. 상대의 신뢰를 배신하고 싶지 않았다. 친구로서, 꼴사나운 짓거리를 하고 싶지 않았다.

유키시로 마야는, 아리아드네 폭스롯은, 카가리케 하라카는, 서로가 서로를 좋아한 것이다.

"그렇게 의심하면서도 서로를 배신하지 않는다면, 결국은 『믿고 싶다』는 마음만 남는다고 나는 생각해~."

사랑하는 연인을, 절친한 친구를, 인간은 때때로 「배신하는 건 아닌가」라는 의심의 눈초리로 쳐다본다. 하지만 그것은 결코 배신해주기 바라서는 아니다.

좋아하니까, 믿고 싶으니까, 그래서 의심하고 만다.

"……아리아드네, 너 말이야."

"응~?"

"의외로 시인이구나."

하라카가 그렇게 말하자, 마야는 고개를 끄덕였다. 그리고 두 사람은 방긋 웃었다.

삐친 것처럼 고개를 돌린 아리아드네의 볼은, 확실히 새빨개져 있었다.

─토키사키 쿠루미는, 세 가지 문제에 대해 생각하고 있었다.

하나는 ■■■■■에 관해서다. 이름은 생각나지 않는, 언젠가 봤던 그 소년. 그에게 다가가고 있단 확신만은 느껴졌다. 그런데, 왜 이름과 얼굴을 떠올릴 수 없는 걸까.

지금까지 만난 모든 이를 기억하고 있는 건 아니지만, 자신이 사랑한 소년의 얼굴을 떠올릴 수 없다는 게 부조리하면서도 불합리하게 느껴졌다.

"······아뇨. 괜한 생각은 하지 말죠."

그렇게 중얼거리며, 두 번째 문제를 떠올렸다. 인계는 꿈의 세계이며, 사후의 세계일지도 모른다. 하지만 그런 것치고는 이상한 점이 있다.

죽기 직전의 기억을 지닌 준정령과, 기억을 지니지 못한 준정령이 있다.

믿기지 않을 만큼 오래된 기억을 지닌 준정령과, 새로운 준정령이 있다.

쿠루미와 히비키는 지금까지 여행을 하며 만난 준정령에게서 은근슬쩍 정보를 모았다.

추측에 지나지 않으며, 소망도 섞여 있다. 하지만 그래도 납득이 안 되는 부분이 있으며, 하나의 가설을 더하면 모든 문제가 해소된다.

이 인계와, 건너편 세계— 즉, 현실 세계는 시간축이 어긋나 있다. 아니, 어긋나 있다기보다 분리되어 있다는 표현이 적절할까.

인계에 역사가 존재하는 건 틀림없다. 정령이 있던 시대, 정령이 사라진 시대, 준정령의 원시적인 다툼, 각 영역의 정비, 도미니언의 태두, 그리고 퀸과 토키사키 쿠루미의 출현.

그것이 올바른 시간의 흐름이다. 하지만 인계에 온 준정령들은 **다른 시간대에서 왔다.**

기점이 되는 시간은 있다. 그것은, 인계가 태어난 순간이다. 하지만 그 앞은 현실과의 시간이 완전히 어긋나 있다.

자신과 같은 시대에서 온 자도 있는가 하면, 자신보다 훨씬 과거의 시대를 산 자도 있는데, 쿠루미보다 미래의 시대에서 온 준정령도 있다.

건너편 세계의 기억을 지닌 자의 문화권도, 시대도, 통일성이 없었다.

공통되는 점이라고는 전부 소녀라는 점이다. 인종도, 국가도, 인생도, 전부 다르다.

자신 이후의 시간대에서 온 과거의 준정령.

자신 이전의 시간대에서 온 미래의 준정령.

예전에, 이 의문에 대해 히고로모 히비키와 이야기를 나눈 적이 있다.

"―뭐, 인계는 원래 수수께끼의 세계니까요. 건너편 세계…… 현실과 시간축이 달라도 이상할 건 없어요~."

히비키는 볼펜을 코와 입술 사이에 끼우며 그런 소리를 늘어놨다. 얼간이 같은 표정으로 그런 그럴 듯한 소리를 늘어놓지 말았으면 좋겠다고 쿠루미는 생각했지만, 히비키한테 그런 걸 바라는 건 무리라고 생각하며 넘어갔다.

"방금, 엄청난 험담을 들은 듯한 느낌이 드는데요."

"기분 탓일 거랍니다. 그건 그렇고, 왜 이상하지 않다고 생각하는 건가요?"

"우선 말이죠. 이 세계는 먼 옛날부터 존재하지 않았던 건 틀림없어요. 지구는 46억년 전에 생겼다죠? 그리고 호모 사피엔스가 성립된 건 20만 년 전이고요. 그럼 이 인계는…… 으음…… 생긴지 100년도 안 될 거예요."

"……그렇겠죠."

인계의 역사는 30년에서 50년 정도일 거라고 히비키는 여겼다.

"그러니 이곳은 완전히 새로운 세계예요. 으음, 프런티어! 자아, 그러면 문제가 되는 건 말이죠? 준정령들의 시대가 완전히 제각각인 이유예요."

히비키는 영력을 이용해, 볼펜으로 허공에 뭔가를 그렸다.

영력을 모아 구현한 그것은 이 장소와 어울리지 않는 것이었다.

"으음…… 이게 뭐죠?"

쿠루미가 당황하는 것도 무리는 아니었다. 그것은 기차선로의 미니어처였다.

"설명을 돕기 위한 물건이에요. 이쪽의 길쭉하고 거대한 레일이 현실 시간, 이쪽이 짧고 조그마한 레일이 인계 시간이라고 생각해 주세요."

쿠루미는 고개를 끄덕였다. 히비키는 그 두 선로에 열차를 하나씩 뒀다.

"그리고 이것이 『시간의 흐름』이에요. 시간은 일방통행이며, 양쪽 다 앞으로만 나아가요. 여기까지는 동의하죠?"

"네, 물론이에요."

"이 두 가지는 나란히 이동해요. 체감 속도는 양쪽이 동일하죠. 1초는 1초, 1년은 1년이에요. 그리고—"

선로의 한가운데로 열차를 이동시킨 히비키는 큰 열차에서 작은 열차를 향해, 볼펜으로 여러 줄의 선을 그렸다.

"현실세계와 인계는 이어져 있어요. 가느다랗지만, 확실히 이어져 있죠. 인계편성(隣界編成)이 그 증거에요. 그건 현실세계에서 부르는 목소리죠."

히비키는 볼펜을 던지더니, 그 선을 손가락으로 훑었다.

"그리고, 컴파일 이외에도, 현실과 인계가 이어져 있다는 사실을 증명하는 게……."

"준정령, 이란 말이군요."

"그래요. 준정령은 현실에서 인계로 와요. 이때, 시간의 선은 엉망진창이죠. 선이 평행으로 이어져 있는 게 아니라, 비스듬하게 이어져 있다고 봐야 해요."

"왜 그런 걸까요?"

"아까 체감 속도가 같다고 말했죠? 어쩌면 상대속도는 다른 걸지도 몰라요."

"……네?"

쿠루미는 영문을 모르겠다는 듯이 고개를 갸웃거렸다. 히비키는 「어머, 귀여워라」 하고 중얼거리면서 두 열차를 양손으로 쥐었다. 그리고 현실의 선로를 달리는 열차를 느리게, 인계의 선로를 달리는 열차를 빠르게 옮겼다.

"현실은 인계보다 인구가 훨씬 많고, 온갖 요소가 복잡하게 얽혀 있어요. 엄밀한 물리 법칙이 있으며, 영력은 옅죠? 그에 비해, 인계는 대충대충의 극치예요. 그것도 그렇게, 물리 법칙에 따를 육체조차 명확하지 않으니까요."

"하지만, 그렇게 되면 현실이 뒤처질 텐데요."

"아뇨, 이 선이 그걸 막아줘요. 현실과 인계의 크기를 비교 검토해볼 대, 느린 현실이 항상 인계를 끌고 가죠. 예를 들자면…… 거대한 현실이 닻의 역할을 하는 거예요."

"그렇군요……."

"……하지만…… 그렇다면……."

히비키가 말끝을 흐렸다.

"왜 그러시죠?"

"……아뇨, 뭐…… 아무것도 아니에요. 아무튼, 쿠루미 씨는 조심하세요. 현실로 이동할 때, 힘 조절을 잘못하면—."

"어처구니없게 과거로 가거나, 어처구니없게 미래로 갈 수 있다는 거군요. 조심하겠어요. 그 힘 조절이란 걸 어떻게 하는지 모르지만 말이에요."

"맞아요~."

히비키는 깔깔 웃으면서, 인계의 시간에 관한 대화를 끝냈다.

다른 시간축, 과거 혹은 미래로 가게 될 우려가 있다지만, 그것은 그 상황에 직면했을 때 생각하면 될 문제다.

……그리고, 세 번째 문제.

"히비키 양."

머리가 아픈 것처럼, 미간을 손으로 눌렀다. 첫 번째 문제와 두 번째 문제는 시간의 흐름에 맡길 수밖에 없지만, 이 세 번째 매우 긴급하기 그지없을 뿐만 아니라 상황 또한 최악이었다.

미리 손은 써뒀다.

애초에 히비키를 약점으로 이용하는 건 충분히 예상이 가능한 일이다. 쿠루미가 자신의 적인 퀸에게 선한 면이 존재할 거라고 믿을 리가 없는 것이다. 정반대로 악의로 가득 찬 존재라 여겼다.

그런 그녀가 히비키를 잡아가면 어떻게 할까.

우선 죽인다, 인질로 삼는다 등의 선택지가 머릿속에 떠올랐다. 하지만, 둘 다 하책이다. 죽이면 잡아간 의미가 없으며, 인질로 삼아봤자 쿠루미에게는 통하지 않는다. 쿠루미가 굴하면, 양쪽 다 죽을 것이 뻔하니 말이다.

하지만, 그 자리에서 죽이지 않고 잡아가는 것을 보고 여왕의 흉계는 예측할 수 있었다.

룩, 비숍, 나이트.

여왕을 따르는 세 간부는 여왕의 능력인 【전갈의 탄환^{아크라브}】에 의해 창조된, 비정상적인 전투능력을 지닌 병사들이다.

여왕이 엠프티에게 【아크라브】를 쏘기만 하면, 그녀들은 간부로 『우화』한다.

그리고, 히고로모 히비키 또한 예외는 아닐 것이다. 여왕은 일본 장기에서처럼, 잡은 말을 악용할 수 있는 것이다.

"……그렇게 나오겠죠."

여왕이라면 충분히 쓰고도 남을 수법이다. 거의 틀림없이, 여왕은 히비키를 자신의 병사로 만들어서 최종결전에 투입할 것이다.

거의 말이다. 어쩌면, 여왕은 변덕을 부려 히비키를 죽일지도 모른다. 그 가능성도 없지는 않다. 여왕의 악의가 예상을 넘는다면, 죽이는 것이 최선책이라고 판단할지도 모른다.

……성가시게도, 그것은 옳은 판단이다.

만약 히고로모 히비키가 살해당한다면, 그것은 토키사키 쿠루미의 패배를 뜻한다. 하지만, 이미 주사위는 던져졌다.

할 수밖에 없다. 일생일대의 연기를 즉흥으로 연기할 수밖에 없는 것이다.

그리고 그 전제조건은, 여왕에게 굴한 히고로모 히비키의 머릿속에 『소중한 것』이 새겨져 있을 것이라고 믿어야 한다는 점이다.

"하아."

땅이 커지도록 한숨을 내쉬었다. 이럴 때 자신을 안심시켜줬던 히비키가 없는 탓에, 쿠루미의 마음은 흐트러져 있었다.

시간은 멈추지 않고 흘러갔다.

두 시간이 경과한 후, 호크마가 전장이 되는 순간이 찾아왔다.

◇

호크마의 게이트가 열렸다.

눈에 들어온 것은 책이 가득 꽂혀 있는 책장으로 된 바닥, 벽, 천장이다. 편집광적이라고 해도 될 듯한 그 내부장식을 본 나이트는 웃음을 흘렸다.

병사인 엠프티들은 세 간부의 지시에 따라, 열을 맞춰 행진했다.

"함정은 없는 것 같은걸."

"포기한 걸까?"

"아하하하, 그럴리가요~."

룩와 비숍이 그렇게 말하자, 나이트는 그 말을 바로 부정했다. 길은 일직선이었고, 누구와도 마주치지 않았다.

하지만, 그녀들은 곧 눈치챘다.

"……있어."

"그렇죠?"

룩의 표정이 굳었다. 자신이란 존재는 퀸이 존재하는 한, 사라지지 않는다. 그녀가 【아크라브】를 쓰면, 다음 룩이 탄생하는 것이다.

하지만 현재 룩의 의식은 상실된다. 죽는 건 두렵지 않지만, 여왕의 도움이 되지 못하는 건 두렵다.

지하로 이어지는 계단을 내려갔다. 빛이 점점 줄어들더니, 약간 어둑어둑해졌다. 룩은 콧노래를 부르며 걸음을 옮기는 나이트를 보더니, 인상을 찡그렸다.

룩과 비숍은 여왕에게 심취된 이들이다.

하지만 새로운 나이트는 다르다. 말투에서 여왕에 대한 경의는 눈곱만큼도 느껴지지 않았다. 배신할지도 모른다, 하고 둘은 여왕에게 진언했다.

하지만— 여왕은 그 말에 옅은 미소로 답했을 뿐이다. 이 나이트는, 특별한 것이다.

아군이기에, 질투를 느낄 것만 같았다.

그리고 둘의 시선을 눈치챈 나이트는 히죽거리며 말을 건 넸다.

"왜 그래요? 저한테 무슨 문제라도 있나요?"

"아냐……."

"걱정하지 마세요. 여러분이 걱정하는 일은 일어나지 않아 요. 저는 여왕을 모시며, 토키사키 쿠루미를 멸하는 자. **그 렇게 운명지어져 있으니, 그에 따라 움직일 뿐이에요.** 자, 죽 이죠! 죽여버리죠!"

나이트는 검을 뽑아 들고 지하 통로를 곧장 나아갔다.

그들을 막아선 건, 재앙의 화신. 어마어마한 살기를, 아무 렇지 않게 흩뿌리고 있는 악몽의 구현.

정령이 아니라 죽음의 신 같은 그 존재는 바로…….

토키사키 쿠루미, 였다.

"—여러분, 어서 오세요."

그녀가 그렇게 말하자, 룩, 비숍, 나이트가 엠프티들 앞으 로 나섰다.

"어머. 여왕은 함께 오지 않은 건가요?"

"곧 오실 거야. 우리가 너희를 몰살한 후에 말이지."

룩이 그렇게 말하자, 쿠루미는 즐거운 듯이 웃음을 흘렸다.

"농담을 잘하는군요. 머릿수가 많다고, 어떻게 될 거라고 생각하는 건가요?"

"그렇게 생각해요~."

나이트가 한 걸음 앞으로 나섰다. 쿠루미의 얼굴이 노골적으로 찡그려졌다. 그 표정을 본 나이트는 즐거운 듯이 얼굴을 일그러뜨렸다.

"저는 당신과 사투를 벌일 거예요. 그럼 불가사의하게도, 당신은 저를 상대하느라 다른 사람을 신경 쓰지 못하겠죠. 그렇게 되면, 남은 이들은 다 죽어 나자빠질 수밖에 없거든요?"

"……그래요. 이런 식으로 **남긴** 건가요. 여왕답게, 음습하기 그지없는 짓거리를 했군요."

쿠루미가 그렇게 말하자, 룩과 비숍은 발끈했다.

"두 사람 다 물러나세요. 이건, 저와 그녀의 문제예요."

두 사람이 앞으로 나서려 하자, 나이트가 검을 들어 보이며 제지했다.

"작전대로 가죠. 제가 그녀를 막을 테니, 당신들은 다른 이들을 죽이세요. 똑같은 말을 또 하게 하진 않을 거죠?"

"……알고 있어."

"그렇게 할게."

룩과 비숍은 투덜대면서 쿠루미의 뒤편에 있는 준정령들을 쳐다보았다.

비스킷 스매셔란 별명을 지닌 창, 도미니언인 아리아드네 폭스롯과 꺄르뜨 아 쥬에. 그리고 그 뒤편에 있는 카가리케 하라카.

최후미에는 통로를 완전히 막는 바리케이드가 존재했다. 그 위에는 호크마의 지배자인 유키시로 마야와 또 한 명의 토키사키 쿠루미가 서 있었다.

인원은 그것으로 전부다.

아무리 개개인의 실력이 특출나더라도, 이 정도로는 승산이 없다. 유일한 근심거리를 꼽자면, 그것은 역시 토키사키 쿠루미일 것이다.

"그럼 자기소개부터 할까요. 저는 나이트. 여왕을 모시는 세 간부 중 한 명이에요."

"어머나, 정중하게 인사해줘서 감사해요. 저는 토키사키 쿠루미라 한답니다."

우아하게 치맛자락을 들어 보인 쿠루미는 자신에게 검을 겨눈 나이트를 향해 즐거운 듯이 부드러운 미소를 보냈다.

"……당신, 그런 식으로도 웃을 줄 아는군요."

"네. 이 상황에서 절박한 미소를 짓는 건— 저의 자존심이 용납하지 않으니까요."

"과연 그럴까요. 이 상황은 웃을 수 있는 상황이 아닐 텐데요. **왜냐하면, 저와 싸워야만 하니까요.**"

쿠루미는 작게 숨을 들이마신 후, 숨을 멈췄다.

노려봤다. 노려봤다. 지그시 노려보았다.

어느새 나이트도 미소를 지우더니, 호흡 또한 멈췄다. 마치 시간이 정지된 듯한 느낌을 받은 쿠루미는 등골을 타고 흐르는 오한에 가까운 무언가를 느꼈다. 그것은 죽을지도 모른다는 예감이자, 눈앞의 소녀가 엄청나게 강하다는 확신이었다.

"그건 그렇고—."

나이트는 입을 열었다. 그와 동시에 순식간에 파고들었고, 쿠루미는 「그건 그렇고」에서 이어질 말에 귀를 기울인 탓에 반응이 약간 늦고 말았다.

잔재주에 불과하지만, 나이트의 신체 능력이 쿠루미의 빈틈을 찌르는 것을 가능하게 했다.

일도(一刀), 일단(一斷). 쿠루미의 몸과 머리가 분리되는 광경이 나이트의 눈앞에 어른거렸다.

하지만.

"어머, 어머, 어머. 꽤 교활하군요."

"아차……."

〈자프키엘〉의 상징인 고풍스러운 총 두 자리가 교차되면서, 나이트의 검을 막아낸 것이다.

쿠루미는 몸을 비틀더니, 나이트가 경탄할 만한 수단으로 그녀를 공격했다. 관자놀이에 충격이 가해지자, 뇌가 저리는 듯한 느낌이 들었다. 깔끔한 뒤돌려차기였다. 대미지는 크지 않지만, 나이트는 놀랐다.

"발도…… 쓰는…… 건가요?"

나이트는 아연실색한 표정으로 그렇게 물었다. 그 익숙한

표정을 본 쿠루미는 옅은 미소를 흘렸다.

—아아, 정말 최후의 난적이군요.

마음속으로 그렇게 자조하면서, 쿠루미는 이 전쟁을 시작했다. 그것은 마법의 문구(매직 워드) 같은 것이자, 이 전장에 가장 어울리는 말이기도 했다.

"자, 전쟁을 시작하죠(데이트). 나이트."

—〈자프키엘〉.

쿠루미의 천사가 구동됐다.

"네! 그럼 여왕을 위해— 아니지, **저를 위해!** 부디, 이 사투에(데이트), 어울려주세요."

—〈킹 킬링〉.

나이트의 무명천사가 가동됐다.

그것은 거대한 갈고리가 아니라, 한 자루의 장검으로 변해 있었다.

그렇게 정령과 기사가 격돌하면서, 인계의 존속이 걸린 전쟁의 막이 올랐다.

○전사들에게 내일은 없고

창은 애초부터 룩과 비숍을 무시할 예정이었다. 최대 화력을 광범위에 퍼붓는 게 가능한 자신은 **일단 엠프티를 최대한 줄이라**는 쿠루미의 말에 따라, 구름 같은 대군을 향해 곧장 돌격했다.

"날아가 버려."

창이 휘두른 할버드는 대지를 부수며 계곡을 만들더니, 그대로 엠프티들을 삼켰다.

휘두를 때마다, 최소 하나에서 최대 여덟가량의 엠프티가 박살이 나서 사라졌다.

반격할 틈을 찾을 여유조차 주지 않았다. 창은 소형 태풍이었으며, 회오리였으며, 블랙홀이나 다름없었다. 주위에 있기만 해도, 무조건 살해당했다.

하지만. 엠프티들은 애초에 죽음을 두려워하지 않았다. 그녀들은 개인의 사고능력마저 상실했다. 연결된 사고능력이 방대한 네트워크를 이루며, 집합 지능이 기능하고 있었다.

그에 따라, 그녀들은 결론을 내렸다.

물량으로 밀어붙이면 된다. 언젠가 누군가가 버티지 말고 무너지리라.

창을 포위한 엠프티들은 생채기 같은 상처를 상대에게 내기 위해 목숨을 바쳤고, 그에 따라 창은 서서히 상처를 입고 있었다.

창이 거대한 짐승이라면, 엠프티들은 군대개미다. 그리고, 숫자가 많고 흉포한 군대개미는 짐승을 능가하는 폭력성을 지녔다.

아리아드네 폭스롯과 꺄르뜨 아 쥬에는 서로를 지켜주며 견실하게 싸워나갔다.

빛나는 트럼프와 빛나는 은색 실이 달려드는 엠프티들을 베어 넘겼다.

"아리아드네, 그쪽으로 갔어! 막아!"

"아아, 귀찮네~!"

아리아드네는 한탄하면서도, 두 손을 휘둘렀다.

"무명천사 〈태음태양 24절기〉─ 일도(一刀), 석화성상(石火星霜)! 횡베기야! 고개 숙여!"

꺄르뜨가 재빨리 몸을 숙이자, 아리아드네가 조종하는 수은 실이 나선을 그리며 뭉쳐졌다. 그녀는 한 자루의 칼이 된 실을 수평으로 휘둘렀다.

아리아드네 폭스롯의 무명천사는 수은 실이며, 그녀는 그 것을 자유자재로 조종해 온갖 형태를 만들어낼 수 있다.

칼을 만들고, 그물을 만들고, 채찍을 만든다.

그리고, 그녀가 만들어낸 것은 변화가 가능하다.

"늘어나라~!"

그 말에 따라 칼날이 뱀처럼 꿈틀거리더니, 두 배가량으로 늘어났다. 공격 범위 밖에 있다고 판단하고 있던 엠프티들이 그대로 썰려 나갔다.

"……머리카락 끝이 잘려 나갔거든?!"

"깔끔하게 피하란 말이야~! 너는 원래 그런 이미지잖아~!"

꺄르뜨가 항의하자, 아리아드네는 딱 잘라 그렇게 말했다.

"이미지와 현실은 딴판이기 마련이거든?! 그리고 보통은 내가 머리를 숙인 후에 휘둘렀어야 할 거 아냐! 휘두르면서 고개 숙이라고 말하면, 반응이 늦을 수 밖에 없잖아!"

"……."

"어이, 입 다물지 마. 그러니까 무섭거든?"

"아하하하하!"

"웃지 마! 더 무섭다고!"

아리아드네는 미안하다고 사과하면서 실을 조종했다. 솔직히 말해, 상황은 절망적이다. 승리하더라도, 희생자가 발생하는 것은 각오해야 하리라.

그리고 아마 자신이 그 희생자에 속할 거라고 아리아드네는 확신하고 있었다.

나태를 선택했다. 마야처럼 비밀을 지키기 위해 움직이지 않았고, 하라카처럼 조금이라도 상황을 개선하려고 하지도 않으며, 아무것도 못 봤고 아무것도 듣지 않았다……를 선택했다.

얼마 전이었다면, 나태가 정답이었다고 당당히 말했을 것이다. 하지만, 이렇게 위기에 처하니 생각이 달라졌다.

자신이 할 수 있는 일이 있지 않았을까. 가능한 일이 있지 않았을까.

마야와 하라카도 최선을 다하고 있었다. 자신의 영역을 통치하는 것만이 아니라, 비밀을 지키기 위해 최선을 다했다.

자신은 아무것도 하지 않았다.

그 **대가**를, 지금 이 자리에서 치르고 있는 느낌이 들었다. 그것은 자기혐오에 기인한 것이지만, 왠지 마음이 편해지는 느낌도 들었다.

—이 자리에서 죽을 때까지 싸우자.

그러자고 결심했다. 그렇게 결심하니, 마음이 가벼워졌다. 오래간만에 졸음이 사라졌다.

토키사키 쿠루미 탓일까. 그런 생각이 들었다. 그녀는, 폭풍이다. 다가오는 자를 전부 휘날려버리고, 집어삼키며, 모든 것을 엉망진창으로 만든다.

보통은 욕지거리라도 해줘야겠지만—.

왠지, 고맙다는 마음마저 들었다.

"어이!"

꺄르뜨의 목소리를 듣고, 아리아드네는 상황을 바로 파악했다. 등 뒤로 몰래 다가온 엠프티가 몸통이 두 동강이 났는데도 육박하고 있었다.

옅은 미소를 머금은 채, 들고 있는 영정폭약(靈晶爆藥)에 영력을 주입하려 하고 있었다.

"아—."

끝났다, 하고 아리아드네는 확신했다. 발화는 이미 시작됐기에, 도화선을 자를 수 없다. 1초도 채 지나기 전에, 아리아드네는 폭풍에 정통으로 휘말리고 말 것이다. 수은의 방패— 늦지 않게 만들 수 있을까. 일단 전력을 다해볼까.

계산해보니, 간발의 차이로 막을 수 없을 것 같다. 곤란하게 됐다고 아리아드네는 생각했다. 아직 싸움이 끝나지 않았는데, 싸워야만 하는데, 이대로 죽는 건— 미안하다는 생각이 들었다.

……살고 싶다.

아직, 좀 더 싸우고 싶다. 싸워야만 한다.

그 절실한 감정이, 온몸을 꿰뚫었다— 마치, 낙뢰를 맞은 기분이다. 하지만, 이미 늦었다.

니트로드레스가 터질 때까지, 1초도 남지 않았다.

1초도 남지 않았다.

1초, 도—?

"〈자프키엘〉— 【일곱 번째 탄환^{자인}】."

시간이 정지됐다. 니트로드레스는 폭발하지 않았고, 두 동강이 난 엠프티는 결말을 보지 못한 채 사라졌다.

"〈태음태양 24절기〉— 가시덩굴!"

반사적으로 만들어낸 수은 채찍으로 폭약을 깜싼 후, 엠프티들을 향해 던졌다.

시간이 흐르기 시작하자— 화려한 폭발이 발생했다.

아무래도, 자신은 아직 살아있는 것 같았다. 방금 그건 토키사키 쿠루미의 천사 〈자프키엘〉— 시간을 정지시키는 탄환이다.

정신을 차리고 보니, 자신은 싸울 수 있는 상태였다. 몸을 움직여서, 엠프티들을 쓸어버렸다.

"무사해서 다행이야! 하지만, 쿠루미 님께 폐 끼친 건 살짝 열받아!"

"나도 알아~!"

스페이드가 어이없다는 듯이 어깨를 으쓱하며 말했다.

『그냥 도움을 받은 것을 샘내고 있을 뿐이니, 신경 쓸 필요 없소이다.』

"정확하게 내 마음을 후벼파지 마! 나는 쿠루미 님에게 폐 끼치지 않을 거야!"

『아~. 우등생은 반 친구들의 기억에 거의 남지 않는 법임다~.』

"젠장, 왜 내 트럼프가 내 마음을 후벼파는 건데~!"

안습 용모 수려 소녀인 꺄르뜨는 될 대로 되란 듯이 그렇게 외치더니, 울상을 지으며 엠프티를 향해 돌진했다.

『어쩔 수 없다고 생각하도록!』

『입만 다물고 있으면 천하무적의 남장 소녀인데…… 왜 우리 주공은 요 모양 요 꼴인지…….』

『뭐, 그렇다고 버릴 수도 없죠. 다들 힘내도록 해요~!』

트럼프들이 의기양양하게 뛰어갔다.

누군가가 어깨를 두드려서 돌아보니, 카가리케 하라카가 부적을 건네줬다.

"좀 쉬어. 지쳤지? 이제부터는 내가 도와줄게."

"아~, 응. 그럴게~."

죽을 때까지 싸울 작정이었던 아리아드네는 휴식이 필요 없다고 생각했지만, 계속해서 싸워나가기 위해선 휴식이 필요하다.

후방으로 이동한 아리아드네는 잠시 숨을 돌렸다.

아직 살아있다는 안도감이 온몸에 퍼져나갔다. 1분도 채 안 되는 시간이지만, 그동안 숨을 고른 아이라드네가 다시 전선에 복귀했다.

그런 아리아드네는 쿠루미를 힐끔 쳐다보았다.

토키사키 쿠루미의 〈자프키엘〉— 1초 이상의 필요한 시간을 이 세상에 비집어 넣는, 초월적인 이능.

하지만, 진정으로 무시무시(아니, 대단하다고 칭찬해야겠지만, 아리아드네는 이것도 칭찬 삼아 한 말이다)한 점은 바로 이능이 아니라, 타이밍이다.

1초만 늦었어도, 구하지 못했을 것이다. 당사자인 아리아드네조차도, 폭발하기 1초 전에 그 치명적인 상황을 눈치챘다.

하지만 그녀는 다른 적과 싸우면서도 그것을 파악했고, 올바른 선택지를 골랐다. 그리고 조준을 한 후, 사격했다.

인간을 능가하는 마인 같은 절기다.

아리아드네는 그 덕분에 목숨을 건진 것이다.

"……고마워~!"

아리아드네의 외침에, 쿠루미는 답하지 않았다. 아니, 정확하게는 답할 여유가 없었다.

그것은 단순한 속도 경쟁이었다.

칼날 부분이 비틀린 장검을 든 나이트와, 고풍스러운 총으로 그것을 막아내며 제로 거리에서 사격을 날리는 쿠루미.

공격력, 수비력, 속도. 모든 면에서 둘은 호각을 이루고 있었다. 그렇다면 근접 전투인 이 상황은 쿠루미에게 불리할 것이다.

하지만 그녀의 스펙이 그 점을 간단히 뒤집었다. 총을 검처럼 휘둘러, 제로거리 사격과 교묘하게 조합해 간단히 우위를 점한 것이다.

"……하앗!"

나이트의 공격은 격렬할 뿐만 아니라 잘 갖춰져 있다―고 쿠루미는 생각했다. 검을 쥔 모습에서 노련함이 느껴졌다.

무턱대고 검을 휘둘러대는 것이 아니라, 체계적인 기술과 자세를 구사하고 있었다.

"독일식 검술……이군요."

"잘 아시, 네요!"

14세기 경에 성립된 독일식 검술은 롱소드를 기본적으로 쓴다. 쿠루미의 기억이 옳다면, 전투의 주도권을 쥐는 것을 가장 중요시하는 검술일 것이다.

『지붕』자세─ 상단으로 검을 드는, 일본식 검술의 팔쌍 (八雙) 자세를 취한 나이트가 즐거운 어조로 말했다.

"당신이 알고 있을 줄은 몰랐어요."

"키히히."

왜, 알고 있는 것이냐면. 한때 **이런저런 일**이 있었던 것이다. 그 부분은 꽤 사적인 일이라 더는 캐지 말아줬으면 해요. 그건 지뢰거든요? 하고 쿠루미는 그녀를 생각해 마음속으로 그렇게 소망했다.

나이트는 전투를 이어갈 뿐, 대화를 이어갈 생각은 없는 것 같았다. 쿠루미는 진심으로 안도했다.

"그럼─ 가겠어요!"

나이트는 힘차게 쇄도하며 상단으로 든 검을 휘둘렀다. 분격(憤擊)이라 불리는 그 공격을, 쿠루미는 비스듬히 서면서 장총을 옆으로 휘둘러 쳐냈다.

상대가 막아낼 거라고 확신했던 나이트는 즉시 다른 기술을 펼쳤다. 분격에 카운터로 대응하는 건 독일식 검술에서 일반적인 대처법이며, 거기에 맞서기 위한 기술 또한 당연히 존재했다.

지금, 나이트가 검을 휘둘러봤자 쿠루미에게 닿지 않는다. 하지만, 쿠루미가 휘두른 장총의 총구는 나이트를 향하고 있었다.

방아쇠를 당기면, 총알이 꽂힐 것이다. 한 발 정도 맞는다고 죽지는 않겠지만, 가능하면 피하고 싶다.

(—그렇다면!)

생각이나 본능이 아니라, 방대한 경험을 통한 즉각적인 대응. 나이트는 쿠루미의 총을 쥔 손에 주의를 기울이며, **휘감듯이** 검을 휘둘렀다.

총을 쥔 손에 주의를 기울이는 건, 방아쇠를 당기는 미세한 동작을 놓치지 않기 위해서다. 쿠루미는 방아쇠를 당겼다— 하지만 나이트가 더 재빨랐다.

콤마 몇 초의 차이로 쿠루미의 총격은 무의미해졌고, 동시에 나이트의 검격은 유의미해졌다.

"……윽!"

나이트의 검격은 쿠루미의 팔을 스쳤을 뿐이다. 희미하게 튄 피가 나이트의 얼굴에 묻었다.

"하아— 아아."

피의, 달콤한 향기에, 머릿속이 멍해졌다.

토키사키 쿠루미의 피가 좋다.

"자, 자. 계속 싸우죠. 토키사키 쿠루미!"

그 말에 쿠루미는 한순간 기묘한 표정을 지었다. 비애, 혹은 분노, 혹은 연민이 어린 얼굴이었다. 나이트는 희미하게 움츠러들었지만, 곧 그것을 기분 탓으로 여기며 힘차게 대검을 휘두르기 시작했다.

"〈킹 킬링〉—!"

나이트가 쥔 검은 일전에 박살난 무명천사와 완전히 다른 무기 같았다. 한때 극도의 섬세함이 요구되는 성능과 흉악한 겉모습, 그리고 얼간이 같은 공격력을 자랑하던 히고로모 히비키의 무명천사.

"……그래요. 나이트. 당신은 자기가 **히고로모 히비키**라고 주장하는 군요."

"딩동댕~. 정답, 이에요~!"

나이트— 히고로모 히비키는 섬뜩한 미소를 지으며 고개를 끄덕였다.

쿠루미는 몇 번째인지 모를 한숨을 내쉬었다.

"그럼 저로선 막을 수밖에 없겠군요. 나이트, 당신에게 선택지를 제시하겠어요."

"선택지……?"

"저에게 굴복할지, 저에게 살해당할지, 하나를 골라보세요. 어떻게 하겠어요? 나이트."

나이트는 그 질문을 듣고 코웃음을 쳤다.

"당신이 저한테 살해당한다는 결말 이외에는 받아들일 수 없어요~!"

나이트는 그대로 쇄도하더니, 또 『지붕』 자세에서 날리는 분격을 펼쳤다. 쿠루미는 회피와 동시에 요격을 하려고 총을 들었지만, 나이트는 도중에 기술을 바꿨다.

방어와 탄도를 파악하고, 스텝을 밟아서 자기 위치를 이동시켰다. 그리고 수직 공격에서 수평 공격으로 전환해서, 쿠루미가 빈틈을 보인 장소— 왼쪽 옆구리를 노렸다.

"……윽!"

쿠루미의 탄환이 엉뚱한 방향으로 날아갔다. 쿠루미가 그 반동을 이용해 사이드스텝을 밟자, 그녀의 왼쪽 옆구리를 노린 공격은 검 끝만이 아슬아슬하게 스쳤다.

하지만 그 일격은 쿠루미에게 상상 이상의 고통을 안겨줬다.

"이건……."

흘러내리고 있다. 피가 아니라, **영력이 흘러내리고 있다**. 아니, 강탈당했다……?

"이것이 저의 능력이에요. 상대는 상처를 입을 때마다, 영력도 빼앗기죠."

그 말대로, 몇 군데나 총상을 입은 나이트의 몸이 수복되고 있었다.

"자, 얼마든지 쏴보세요. 저는 조심조심, 당신을 조금씩 상처입히기만 하면 되죠. 자, 저를 죽이려면 시간이 얼마나 걸릴까요? 그 사이, 동료분들이 죽지 않는다면 좋겠네요~."

악랄한 조롱— 토키사키 쿠루미는 그 도발에 코웃음으로
답했다.

"당신을 죽이는 데는, 그렇게 긴 시간이 걸리지 않는답니다."

쿠루미는 총을 들며, 힘찬 목소리로 선언했다.

"〈자프키엘〉— 【첫 번째 탄환(알레프)】!"

가속했다. 쿠루미의 속도는, 나이트의 지각을 간단히 능
가했다. 그 속도에 경악한 그녀의 눈앞에, 어느새 총구가—.

카가리케 하라카는 영부(靈符)를 날려서 전장을 살폈다.
창이 날뛰는 덕분에, 꺄르프와 아리아드네도 비교적 차분한
상태에서 대처하고 있었다.

아슬아슬하게나마 균형이 유지되는 건, 상대가 엠프티 뿐
이기 때문이다.

하라카는 영부를 날려서, **그녀들의** 행방을 찾았다. 간부—
룩과 비숍.

나이트는 쿠루미와 싸우고 있으니, 문제 될 것이 없다. 쿠
루미조차 상대가 안 된다면, 다른 누가 나서도 이기지 못할
것이다.

하지만, 문제는 다른 간부들이다. 세 간부 중 두 명이 어
느새 모습을 감춘 것이다.

《마야, 적이 그쪽으로 갔어?》

《……아니, 아무도 오지 않았어. 너희가 놓친 엠프티만 간

간이 상대하고 있을 뿐이야.》

하라카의 염화(念話)[텔레파시]에, 마야가 답했다.

《시스투스를 너희 쪽으로 보내도 괜찮을 것 같아. 하라카, 어떻게 할까?》

《간부인 룩과 비숍의 모습이 보이지 않아.》

《……이쪽에 나타나진 않았어.》

《하지만, 움직이지 않을 이유가 없어. 뭔가 이상해.》

《퀸을 기다리고…… 있는 걸까?》

《그럴지도 몰라. 하지만, 그렇다면 더 이해가 안 돼. 왜, 여왕은 아직 모습을 드러내지 않는 거지?》

바리케이드에 틀어박혀 있던 마야는 하라카의 말을 듣고 고개를 갸웃거렸다.

《그건…… 모르겠어.》

지금 아무리 건투하고 있더라도, 여왕이 나타나면 형세는 역전된다. 엠프티들은 열광의 도가니에 빠지며 더욱 열심히 싸울 것이며, 아무리 간부를 해치워도 즉시 부활하고 말 것이다.

《……어쩌면, 토키사키 쿠루미를 경계하고 있는 걸지도 몰라.》

《아~, 역시 그런 걸까…….》

《그녀의 움직임, 그녀의 능력, 그녀의 작전을 파악해둬야만 완벽하게 승리를 거둘 수 있어.》

퀸이 자신을 비롯한 도미니언을 두려워할 리가 없다. 그녀가 두려워할 이라면, 비나에서 자기에게 한 방 먹였던 토키사키 쿠루미뿐이다.

쿠루미는 「그건, 축구 시합에 비유하자면 시종일관 끌려다니다가 마지막에 한 골 넣어서 무승부가 된 거나 마찬가지예요. 이겼다고 할 수는 없답니다」 하고 쓰디쓴 표정으로 말했지만, 자신들이 보기엔 그것도 기적적인 일이다.

《그렇다면, 저쪽에서 생각하고 있는 건—.》

마야는 화들짝 놀라며 쿠루미를 쳐다보았다. 나이트와 일대일로 싸우고 있던 쿠루미에게, 몰래 접근하는 자가 있었다.

《하라카! 간부, 룩이 나타났어! 토키사키 쿠루미를 노리는 거야! 엄호 부탁해!》

《오케이, 알았어!》

서서히, 전장의 양상이 변화하기 시작했다. 제2라운드, 개시다.

◇

—강하다.

비유하자면 폭풍. 쿠루미의 진심과 광기가 드러나는 공격. 【알레프】를 통한 가속과 【두 번째 탄환】을 통한 감속을 뒤섞어, 상대를 일방적으로 해치운다.

사디스트라기에는 논리적이며, 나이트를 죽이기 위한 최선의 수를 연이어 두고 있었다.

—이대로는 위험하겠네요~.

하지만 나이트 또한 그냥 당하고만 있지는 않았다. 자신의 무기인 〈킹 킬링〉으로 상처를 입혀서, 영력을 계속 빨아들이고 있었다. 하지만 쿠루미는 즉시 【네 번째 탄환^{달렛}】을 써서 상처를 아물게 했다. 영력의 흡수를 최소한으로 줄이고 있었다.

나이트의 무명천사는 상처를 통해 영력을 계속 흡수할 수 있지만, 상처가 아물어버리면 무효화되고 만다.

하지만, 쿠루미의 영력은 계속 감소되고 있었다. 대략 반쯤 감소된 상태였다. 조금만 더 버티면, 그녀는 〈자프키엘〉을 현현시키는 것도 불가능한 상태에 처할 것이다.

노리는 건 바로 그것이다.

그때까지 버티면 된다.

그러니 지금은 철저하게 견제에 전념하기로 했다. 나이트는 검을 고쳐 들었고, 쿠루미는 다시 돌격—을 하기 직전, 갑자기 걸음을 멈췄다.

"흐음."

쿠루미는 그렇게 중얼거리더니, 미심쩍은 듯이 나이트를 응시했다.

"……왜 그러죠?"

"으음, 뭐라고 할까요. 당신의 공세는 참 밋밋하군요."

"말이 심하잖아요~!"

"그렇다면, 따로 노리는 게 있다고 봐야 타당하겠죠. 여왕의 기운은 느껴지지 않고, 저에게 떼를 지어 덤벼드는 미스를 범할 리도 없으니 말이에요."

나이트는 당연하다고 생각했다. 쿠루미가 지닌 또 하나의 능력은 〈시간을 먹는 성〉. 〈자프키엘〉을 사용할 때 소비되는 시간을 흡수하는 능력이다.

하지만 대항책이 없지는 않다. 우선, 쿠루미의 주위에 졸개를 배치하지 않으면 된다. 게다가 〈시간을 먹는 성〉은 발동에 시간이 걸리며, 사정거리 또한 그리 넓지 않다. 회피가 가능하다는 것을, 나이트는 알고 있다.

"그렇다면, 노리는 건 딱 하나겠죠."

쿠루미는 씨익 웃었다.

"—룩!!"

나이트가 고함을 질렀다. 사각지대에서 튀어나온 건……

"불타라." "빛나라." "나뉘어라." "날아라."

붉은색을 띤 거대한 낫— 원색의 무명천사 〈버밀리언〉.

활활 타오르며 분열한 그 무명천사가 도주를 용납하지 않겠다는 듯이 쿠루미를 포위했다.

"〈자프키엘〉— 【알레프】·【베트】!"

【알레프】를 자신에게 쏴서 몸을 가속시킨 후, 날아드는 낫

중 3할에 그대로 【베트】를 쏴서 속도를 둔화시켰다.

그 후, 모든 낫을 쏴서 떨어뜨렸다.

"……윽!"

룩은 눈을 치켜떴다.

경탄스러운 것은 능력도, 총솜씨도 아니라, 판단력이다. **3 할을 막으면 모든 낫을 쏴서 떨어뜨릴 수 있다**고 인식하며, 〈자프키엘〉의 사용을 최소한으로 줄였다. 시간 낭비를 두려워해서 【베트】의 사용을 줄였다간, 막아내지 못했을 것이다. 하지만 탄환을 더 사용했다간, 시간을 낭비했을 것이다.

상처 하나 입지 않고, 낭비를 최소한으로 줄이며, 가장 빠르고 효율적으로 룩의 기술을 막아낸 토키사키 쿠루미는 예전에 싸웠을 때보다 훨씬 강해져 있었다.

"【아크라브】로 되살아난 것치고는—."

쿠루미는 고개를 돌려 룩과 시선을 마주했다. 룩은 죽음에 대한 공포가 아니라, 토키사키 쿠루미 본인에 대한 공포 탓에 등골이 서늘해졌다.

쿠루미는 웃으며 말했다.

"룩. 당신, 보잘것없군요. 성장성이 제로여서야, 그 여자도 낙담하지 않으려나요? 키히히히히."

"이 자식!!"

공포보다, 분노가 앞섰다. 쿠루미는 룩의 공격을 정면에서 막아내며 단총으로 사격했다.

하지만 분노 탓에 정신이 나간 룩은 탄환을 개의치 않으며 접근했다.

수직 베기, 수평 베기, 대각선 베기. 고속으로 공간을 찢는 〈버밀리온〉의 공격을, 쿠루미는 웃음을 흘리며 종이 한 장 차이로 피했다.

"나이트! 잡아!"

"네~ 네~. 그렇게 할게요~!"

가벼운 어조로 그렇게 말한 나이트가 쿠루미의 품속으로 뛰어들었다. 쇄도하는 공격의 양이 곱절로 늘었지만, 쿠루미는 여전히 종이 한 장 차이로 전부 피했다.

회피만 하는 게 아니라 사격과 페인트를 섞어서 움직이는 모습은 마치 춤추는 것처럼 아름다웠다.

나이트 혼자서는 이길 수 없고, 룩이 가세해도 이길 수 없다. 그렇다면, 그녀들은 마지막 한 명을 투입할 수밖에 없다.

굴욕적이지만— 나이트와 룩의 공격을 여유롭게 막아내는 쿠루미는 간부들에게 버거운 상대였다. 비숍을 투입해서, 작전을 제2단계로 이행하기로 했다.

"비숍."

룩이 부르자, 비숍이 그림자에서 모습을 드러냈다.

"—라져."

"어머, 어머, 어머. 마지막 간부 분이 나서는군요."

쿠루미는 일단 거리를 벌렸다. 그리고 한자리에 모인 세 간부를 바라보며 미소 지었다.

비숍— 청발 소녀, 룩— 흑발 소녀, 나이트— 백발 소녀. 그녀들이 손에 쥔 무명천사는 레이피어, 낫, 장검.

"그럼 세 분이 같이 덤벼 보시죠."

쿠루미는 세 사람을 향해 덤벼보라는 듯이 손짓을 했다. 룩은 분노에 찬 표정을 지었고, 나이트는 웃음을 흘렸으며, 비숍은 무표정한 얼굴로 공격을 펼쳤다. 룩이 점프하고, 나이트가 돌격했으며, 비숍은 사각지대를 노렸다.

견제, 회피, 방어, 반격. 쿠루미는 모든 대응 수단을 최대한 활용하면서 세 간부에게 맞섰다. 쿠루미는 치명상을 입지 않으며 싸우고 있었지만, 세 간부 또한 거의 부상을 입지 않았다.

시간과의 승부. 양쪽 다 같은 생각을 하고 있었다.

"〈자프키엘〉—."

"뜻대로는 안 돼!"

【알레프】와 【베트】, 양쪽에 대응하기 위해 접근한다. 누군가의 공격이 명중하기만 하면 된다. 쿠루미가 무리하게 공격을 펼치지 못하는 게 당연했다.

간부 중 한 명이 히고로모 히비키인 만큼, 쿠루미는 공세에 나설 수 없다.

그렇기에, 나이트는 전면에 나서면서 비숍과 룩을 엄호했다.

나이트가 상처를 입힐 때마다 쿠루미의 영력이 유출됐고,

〈자프키엘〉을 사용할 때마다 시간이 소모됐다.

그리고 돌이킬 수 없는 상황까지 몰아넣은 후, 때를 기다리던 여왕이 출진한다. 그리고 토키사키 쿠루미의 수급을 치켜들며, 여왕은 꿈을 이룬다.

―결론부터 말하자면, 그 작전은 와해됐다.

원인은 여러가지지만, 가장 큰 이유는― 토키사키 쿠루미에 대한 판단이 잘못됐다는 점이리라.

쿠루미는 상실의 공포를 안다. 어떤 행동을 취하면 소중한 것을 잃을지, 과거의 경험을 통해 이해하고 있다.

망설이면 죽는다. 겁먹으면 죽는다. 외줄타기 같은 삶을, 오랫동안 살아왔다. 그것은 본체의 기억이지만, 분신인 그녀에게도 그 과거는 새겨져 있다.

그렇기에 토키사키 쿠루미는 신중하고 냉정하게, 머릿속을 얼음장처럼 차갑게 유지하며 필사적으로 파악했다.

시간과의 승부― 〈자프키엘〉을 쓰지 못하게 되기 전에, 작전을 실행에 옮겨야만 한다. 쿠루미는 마음속의 초조함을 억누르며, 거리를 벌리기 위해 뒤편으로 도약했다. 그리고 쫓아 오려 하는 세 사람을 제지하듯, 말을 건넸다.

"아아, 아아. 이제, 됐어요."

"……뭐……?"

룩이 미심쩍어 하자, 쿠루미는 웃었다.

"뭐라고 할까요. 누가 생각한 거죠? 히비키 양이 아니군요. 그 애는 저에 대해 속속들이 파악하고 있으니까요."

"으음…… 무슨 소리를 하는 건지, 전혀 모르겠는데요~."

"그럼 똑똑히 알려드리죠. 나이트, 당신은 히비키 양이 아니죠?"

그 순간, 나이트가 움직임을 멈췄다.

"어―."

어떻게, 하고 반사적으로 말하려다 도중에 멈췄지만, 이미 정답을 말한 것이나 다름없다. 나이트는 그저 나이트이며, 그 이상의 누구도 아니다. 무명천사의 이름 또한, 〈킹 킬링〉 트와일라이트 브링어 이 아니라 〈황혼의 혈검〉다.

그리고 히고로모 히비키와 같은 얼굴로 만들고, 말투를 익혀, 자신이 히고로모 히비키인 척 행세했다.

그렇게 해서, 나이트에게 안전한 포지션을 획득하게 했다. 쿠루미가 나이트를 히비키라고 인식하는 한, 그녀는 나이트의 공격에 반격하지 않는다. 그리고 쿠루미의 영력을 계속 빼앗을 수 있다.

"뭐…… 아이디어는 나쁘지 않았어요. 이해가 안 되는 요소가 있기는 했지만, 한동안 살펴볼 수밖에 없었으니까요."

"이해가 안 되는 요소……?"

"만약, 나이트가 진짜로 히비키 양이었다면, 포지션이 이상하니까요."

쿠루미가 나이트를 히고로모 히비키라고 인식한다면, 공

격하기 어렵다. 그러니, 앞으로 나서게 한다. 거기까지는 옳다. 하지만 다른 누군가의 방패가 되려 한다면, 이야기는 달라진다.

"나이트가 히비키 양이라면, 세 사람 중에서 가장 중요한 건 나이트이며, **다른 두 사람을 지키려 해선 안 될 테죠**. 룩과 비숍은 여왕이 도착하면 얼마든지 새로 준비할 수 있으니까요. 나이트가 자신을 희생해가며 지킬 가치는 없을 거랍니다."

나이트가 전면에 나서서 방패가 되려 하는 행위, 그리고 나이트가 다른 둘을 지키려 하는 행위는 비슷한 듯하면서도 개념적으로는 완전히 별개다.

전자에는 의미가 있지만, 후자에는 가치가 없다.

"그러니, 나이트는 히비키 양이 아니다, 라는 결론에 도달했답니다. 자…… **쪼잔한** 여러분이 대답해줄 것 같지는 않지만, **어느 쪽이 히고로모 히비키 양인지 알려주시겠어요?** 답해주신다면, 편안한 죽음을 안겨드리죠. 어차피 되살아날 거잖아요?"

쿠루미는 도발했지만, 그녀들은 분노에 사로잡히면서도 그 도발에 넘어가지 않았다.

아직 때가 이르다, 하고 생각하며 스스로를 독려했다. 좀 있으면 여왕께서 오실 테니까, 하고 되뇌었다.

"뭐, 그렇게 나오실 건가요. 그럼 아까부터 귀찮게 구는 분을 먼저 박살내도록 할까요!"

쿠루미는 그렇게 말하더니, 맹렬하게 공격하기 시작했다.

나이트는 머뭇거리면서도 자신의 역할을 다하기 위해 앞으로 나서서 쿠루미의 공격을 막아냈다. 무명천사 〈트와일라이트 브링어〉로 어떻게든 쿠루미에게 상처를 입히려고 했다.

두렵다. 죽음이 두려운 것이 아니라, 헛된 죽음을 맞이할까 봐 두렵다. 쿠루미는 너무나도 간단히, 책략을 간파했다. 아직 멀었다. 아직 여왕께 도움이 되지 못했다.

쿠루미의 등 뒤에 거대한 시계가 나타났다.

"〈자프키엘〉!"

쿠루미는 자신을 쏜 후, 총구로 나이트를 겨눴다. 【알레프】를 자신에게 쏘고, 나이트에게는 속도를 저하시키는 【베트】 혹은 시간을 정지시키는 【자인】을 쏠 생각이리라. 양쪽다 명중하기 전에 베어버리면 된다.

여왕을 위해, 가속하라. 펼친 기술은 세 번째 분격, 쇄도는 신속하게. 그다음에는, 단숨에 검을 휘두르면 될 뿐이다.

기적이 일어났다. 탄환을, 피했다. 기회는 단 한 번뿐, 이기회를 절대 놓칠 수 없다.

포효를 지르며 검을 휘둘렀다. 쿠루미는 자신을 향해 날아오는 장검을 멍하니 쳐다보았다. 회피하려 하지 않았다. 명중할 거라 믿어 의심치 않으며 쏜 탄환이 빗나간 탓일까, 아니면 다른 이유가 있는 걸까.

그 콤마 몇 초의 차이가, 명암을 갈랐다.

나이트의 분격이, 쿠루미를 그대로 양단했다.

"—해냈어요~!"

나이트는 돌아서더니, 비숍과 룩에게 으스대려 했다. 최대의 난적을, 운 좋게 제거했다. 이제 승리는 확정된 것이나 다름없다. 여왕께서 나설 필요조차 없다. 도미니언을 해치워서, 여왕께서 개선(凱旋)하실 길을 만들면 된다.

"……어?"

바로 그때, 눈치챘다. 시야가 어둡다. 통증은 느껴지지 않지만, 몸이 급속도로 차가워졌다. 몸을 일으키기 위해, 손에 힘을 줬지만— 1밀리미터도 움직이지 않았다.

"이, 게…… 대체……"

"키히히히히. 자기한테 유리한 미래를 보는 것도, 생각해 볼 문제군요."

토키사키 쿠루미의 목소리가 들렸다. 그녀가 어째서 살아 있는지보다, 그녀의 말이 더 신경쓰였다. 하지만 그녀의 말을 더는 듣고 싶지 않다고, 본능이 비명을 지르고 있었다.

"미래는 정해져 있지 않으며, 선택을 통해 얼마든지 변화하죠. 하지만, **자신의 의지로 본 미래와 강제적으로 보게 된 미래**에선, 행동이 달라진답니다."

"뭐—."

"〈자프키엘〉— 【다섯 번째 탄환(헤)】."

방금, 쿠루미가 자신과 상대에게 **미래를 보여주는 탄환**을 쐈다. 쿠루미는 미래를 봤기에, 나이트의 행동을 간파했다.

그리고 나이트도 미래를 보고 말았기에, 그 미래가 확정됐다고 넘겨짚고 말았다.

그녀가 본 미래는 잘못된 미래이며, 쿠루미의 행동이 바뀌면서 이뤄지지 않은 미래가 되고 말았다. 하지만, 그 기만을 뇌가 자각하기도 전에 쿠루미는 총을 쐈다.

제삼자가 본다면, 나이트는 무모하게 돌진했다가 총에 맞은 것처럼 보이리라. 【알레프】와 【베트】를 고르지 않은 건, 일격필살을 노렸기 때문이다.

시간 소비는 많지만, 나이트를 이 타이밍에 해치워두고 싶었다.

"자. 다음은 누구죠?"

키히히히히, 하고 쿠루미는 웃었다. 비숍과 룩은 자신의 무기를 고쳐 쥘 뿐, 그 도발에 넘어가지 않았다.

"그럼 다음은 룩 씨이려나요?"

"—아니, 다음은 우리가 아냐."

"⋯⋯아!"

그 말이 의미하는 바를 눈치챈 쿠루미는 표정을 굳혔다.

비숍과 룩이 무릎을 꿇었다. 그러자, 몽유병자 같은 불안정한 걸음걸이로 엠프티 한 명이 쿠루미의 앞에 섰다.

소녀의 **내부**에서, 목소리가 흘러나왔다.

"—자, 결전이다. 토키사키 쿠루미."

엠프티가 눈부시게 빛나더니, 문처럼 둘로 나뉘었다. 그리고 그 안에서 팔이, 다리가, 몸이 튀어나왔다.

"악취미스럽기 그지없는 등장이군요."

쿠루미는 지긋지긋하다는 투로 그렇게 말했다. 엠프티라는 문을 통해, 드디어 퀸이 모습을 드러냈다.

위화감이 느껴졌다— 쿠루미의 내면에 있는 무언가가 경고를 하고 있었다. 하지만 쿠루미는 그런 것을 신경쓸 겨를이 없었다. 인계 최강, 그리고 최악의 적과 마주한 쿠루미는 정신이 고조되는 것과 동시에 상반된 감정을 어렴풋이 느끼고 있었다.

"……말투가, 원래대로 되돌아간 건가요."

"그래. 지금의 나는 **제너럴**이거든."

틀림없이, 그것은 공포라 불리는 감정이었다.

호크마, 최종 결전장. 드디어, 재앙과 재앙이 다시 정면에서 대치했다.

◇

—그리고. 여왕의 등장에 따라, 어느 정도 유리하게 흘러가던 전황이 단숨에 열세로 기울었다.

"큰일이야. 사기가 진작됐어."

"창! 일단 물러나!"

창은 하라카의 말에 따라 일단 물러나기 위해 도약했지만, 엠프티가 몸을 뻗어서 그녀의 발을 잡았다.

"아차……!"

"창! 영부『도플갱어』! 늦으면 안 돼!"

이번에는 니트로드레스의 폭발에 휘말리고 말았다. 하지만 하라카의 영부로 만들어낸 그녀를 닮은 인형이, 폭약을 몸으로 감쌌다.

폭발하는 엠프티, 폭풍에 휘말려 날아가는 창…….

"크, 윽…….".

창은 비틀거리면서도 어찌어찌 몸을 일으켰다. 엠프티들이 웃음소리가 창의 귀에 스며들었다.

"너, 강하네.", "응, 정말 강해.", "하지만 말이지? 우리한테는 못 이겨.", "절대 이기지 못해.", "숫자로 밀리거든.", "물량으로 밀리거든.", "마음도 밀리거든.", "홀로.", "쓸쓸히.", "사라져줘."

아하하하하, 하고 웃는 엠프티들— 과, 창.

창은 웃고 있었다.

"끝내주게 재미있는 농담을 들려줘서 고마워. 너희는 죽음을 두려워하지 않는 무한한 병사야. 하지만, 무한하다면 무한히 박살을 내주면 돼. 영원토록 이어지는 두더지잡기는 내 특기거든. 아, 그리고 너희의 호흡과 움직임도 이제 이해했어. 그러니, 너는 나한테 니트로드레스는 안 통해."

"후후.", "웃기지도 않네.", "대체 어떻게.", "말이야?"

"지금, 그걸 가지고 있는 건—."

창은 갑자기 질풍처럼 달리더니, 엠프티 하나를 그대로 압살^{스매시}
했다.

그리고 사라지려 하는 소녀의 몸을 걷어찼다. 허공으로
날아간 소녀의 몸이 니트로드레스에 의해 산산이 조각났다.

"거동이 수상해서, 저 녀석이라고 판단했어. 아무래도 맞
춘 것 같네. 혹시 또 그걸 가지고 있는 녀석이 있어?"

엠프티들은 침묵하면서 웃음을 멈췄다. 그와 동시에, 자
신들의 실수를 진심으로 후회했다. 창에게 생각할 여유를
주지 않으며, 단숨에 몰아붙였어야만 한다.

"⋯⋯찾았다. 저 녀석과 저 녀석과 저 녀석. 이제부터 박살낼
테니까, 으음, 뭐더라, 그러니까, 으음⋯⋯ 이⋯⋯ 이승에⋯⋯."

창은 잠시 생각에 잠긴 후, 그 말을 떠올렸다.

"하직 인사나 해~!"

창이 또 〈라일럽스〉를 휘둘렀다. 저렇게 날뛰고, 날뛰고,
또 날뛰다 보면 아무리 창이라도 언젠가는 힘이 다해서 쓰
러질 것이다. 하지만, 엠프티들에게 문제는⋯⋯.

과연 그것이 언제인가, 였다.

카가리케 하라카는 창이 힘차게 할버드를 휘두르는 모습

을 보고, 안도의 한숨을 토했다. 아슬아슬하게 폭발을 자신이 만든 인형으로 막아준 덕분이리라.

하지만.

"밀리기 시작했는걸……."

엠프티의 공세가 서서히 격렬해졌다. 창이 분전하고 있지만, 아리아드네와 꺄르뜨는 밀리기 시작했다.

이유는 말할 필요도 없다. 퀸 때문이다. 그녀의 등장으로 엠프티들의 사기가 폭발적으로 상승하더니, 「저를 봐주세요!」 하고 외치면서 아리아드네 일행에게 목숨을 도외시하고 달려들었다.

광신— 숭배— 그것은 퀸의 카리스마성이 자아내는 것이자, 도미니언조차 굴하고 마는 악랄한 매료다.

제6영역의 도미니언인 미야후지 오우카[티파레트], 제7영역의 사가쿠레 유리[네차흐], 둘 다 여왕의 편에 서고 말았다.

순진무구한 개념인 엠프티가 여왕에게 매료되는 건 무리가 아니다. 그녀들이 눈사태처럼 몰려드는 모습은, 살아있는 시체— 공포 영화에 나오는 좀비 같아 보였다.

《하라카. 아리아드네가 위험해. 엄호 부탁해!》

《오케이!》

마야의 텔레파시를 듣고, 하라카가 내달리기 시작했다. 내달리면서, 유일무이한 희망인 토키사키 쿠루미를 곁눈질했다.

……자신들이 있는 전장 너머에, 처절한 수라가 있었다.

멀리서 본 쿠루미는 그야말로 유성 같았다. 그것도 자의 식을 지니고 자유자재로 움직이는 유성이다. 혹은 전투기에 비유해도 될 것이다.

아무튼, 궤도 자체가 평범한 이들과는 명백하게 달랐다.

그리고 문제는, 퀸이 그런 쿠루미에게 대응하고 있다는 점이다. 총을 쏘고, 사브르를 휘두르고, 총에 맞고, 장총에 두들겨 맞았다.

양쪽 다, 믿기지 않을 정도의 기량과 영력을 지녔다.

하지만 하라카가 보기에 저 균형은 오래 지속되지 않을 것이다. 룩과 비숍이 전투에 참가할 타이밍을 재고 있는 모습이 보였다.

……물론, 퀸과 토키사키 쿠루미는 은원으로 얽혀 있다(본인 왈). 하지만, 퀸은 **그것과 이것을 별개로 치는** 타입이다.

그녀는 룩과 비숍이란 장기말을 주저 없이 이용할 것이다.

그리고 아무리 토키사키 쿠루미라도, 도미니언급의 힘을 지닌 두 사람이 가세한다면 승산이 없을 것이다.

하라카는 고민했다.

—아리아드네를 도와야 할까? 토키사키 쿠루미를 도와야 할까?

지금, 그걸 선택할 수 있는 건 자신뿐이다. 파멸의 순간이 시시각각 다가오고 있었다. 어느 쪽을 선택해야 옳을까. 하라카는 영부를 쥔 손에, 힘을 줬다.

◇

히고로모 히비키의 현재 상황은 마치 커다란 파도에 흔들리고 있는 조각배다. 폭풍은 인정사정없이 그녀의 정신을 갉아먹었고, 물보라가 몸과 마음을 차갑게 식혔다.

그리고 조각배가 뒤집혀서 바다에 빠지면 게임 오버다. 자신의 정신은 두 번 다시 떠오르지 못할 것이다.

"이, 게, 엣………!"

치아가 깨질 정도로 이를 악물며, 조각배를 조종해서 파도를 버텨냈다. 보잘것없는 자기 자신이 지워질 듯한 공포를 견디며, 목적지로 향했다.

그런 그녀에게, 하늘은 때때로 선물을 내려줬다.

"성가셔!"

그것은 하늘에서 내려온 밧줄이었다. 튼튼하고, 신성하며, 안전과 평온한 장소로 인도해주는 생명선이다.

하지만 히비키는 직감적으로 이해했다. 저 밧줄은 틀림없는 함정이다. 적어도, **얼굴도 이름도 기억나지 않는 누군가**라면, 이렇게 평화적으로 구원의 손길을 내밀지 않을 것이다.

그렇기에, 히비키는 울상을 지으며 조각배를 계속 조종할 수밖에 없었다.

―맹세하겠어요, 하고 그녀는 말했다.

만약, 만약, 히고로모 히비키가 퀸에게 납치당한다면. 그리고, 히고로모 히비키가 **토키사키 쿠루미의 적으로 만들어진다면.**

―반드시, 구해주겠어요. 단, 난폭한 방법을 쓰게 되겠지만 말이에요.

"구해주겠어요, 까지만 말하라고요! 난폭한 방법이란 말을 들었더니, 벌써 불안하단 말이에요!"

"하지만, 히비키 양이 적이 된다는 건 세뇌를 당한다는 거잖아요? 세뇌를 풀려면 폭력에 의존할 수밖에 없답니다."

"사랑으로 어떻게 할 수는 없나요?!"

"사랑은 몰라도, 정이라면 있어요. 하지만 저는 재앙의 정령이죠. 이런 방법밖에 생각나지 않는답니다."

"저기…… 구체적으로, 어떻게 할 건데요……?"

"그건―."

쿠루미가 말한 **방법**은 세뇌를 풀기에 충분한 한 방 같기는 했다. 꽤나 폭력적이지만 말이다.

"……겸사겸사, 패스워드도 정해두죠."

"패스워드?"

"저희에게만 통하는 비밀의 말이랍니다. 단, 히비키 양은 가능하면 그걸 잊어줬으면 해요."

"? ? ?"

히비키는 고개를 갸웃거렸다. 쿠루미는 헛기침을 하더니, 차근차근 설명하려 했다.

"잘 들으세요. 그 말은 특별해요. 저와 히비키 양만 알고 있는, 복잡한 말이죠. 하지만, 그것을 똑똑히 기억하고 있다간, 아마 세뇌를 당하면서 자백하고 말 거랍니다."

"그럼 안 되잖아요."

그 패스워드는 히비키에게 있어 매우 중요한 것이다. 그러니, 세뇌를 당하면서 말해버릴 가능성이 크다.

"그러니, 여기서부터가 중요하답니다. 히비키 양은 그 패스워드를 일단 잊어주세요. 제가 패스워드를 입에 담으면, 비로소 그것을 떠올리는 거예요."

"으, 음……. 중요하다는 걸 이해하고 있는데, 잊을 수 있을까요?"

"자기암시로 심층의식까지 파고들어, 그 패스워드를 봉인해둘 거랍니다. 그리고 그 패스워드에 히고로모 히비키란 개념을 이어두는 거죠."

히비키는 쿠루미의 말을 듣고 잠시 생각에 잠기더니, 곧 손뼉을 쳤다.

"……아~. 얼추 이해가 됐어요. 압축 파일에 패스워드를 건 후, 그 패스워드는 쿠루미 씨만 기억하고 있는 거네요. 그리고 저는 그 패스워드에 반응해서 단숨에 히고로모 히비키.zip 파일의 압축이 풀리는 거군요!"

"? ? ?"

이번에는 쿠루미가 고개를 갸웃거렸다.

"으음~, 그러니까 말이죠. 저는 패스워드를 잊겠지만, 쿠루미 씨가 그걸 떠올리게 해준다는 거죠?"

"네, 네. 그렇답니다. 그럼 이제부터 패스워드를 알려주겠어요."

"네~."

히고로모 히비키는 그 패스워드를 마음속 깊은 곳에 새겨뒀다.

"그럼 이어서 암시를 걸겠어요."

"암시……."

"최면술 같은 거랍니다."

"음란한 최면술인가요!!"

히비키가 흥분하자, 쿠루미는 손날로 그녀의 정수리를 때려서 입을 다물게 했다.

"전 세계의 최면술사에게 사과하세요, 히비키 양."

"죄송해요……. 최면이니…… 암시니…… 같은 말을 들으니, 야한 생각만 들어서요……."

"히비키 양의 머릿속에는 라플레시아 꽃밭이라도 펼쳐져 있나요? 아무튼 일단 앉아보세요. 그리고 눈을 감아요."

히비키는 순순히 고개를 끄덕인 후, 지시에 따라 눈을 감았다.

"호흡은 천천히…… 그래요. 하지만, 잠들면 안 된답니다."

"네~."

"그럼…… 히비키 양. 저와 히비키 양이 처음 어떻게 만났는지 기억하고 있나요?"

"네, 물론이죠."

하늘에서 추락한 쿠루미. **그녀야말로 자신의 운명**이라 믿은 히고로모 히비키는 자신의 존재가 박살날지도 모른다는 공포와 싸우면서, 〈킹 킬링〉으로 토키사키 쿠루미의 모습과 능력을 강탈했다.

"그럼 이제 상상을 해보세요. 그 기억은 당신의 손 언저리에 있어요. 그래요. 서적이라 생각하면 좋겠군요. 제목을 붙이고, 그 기억의 상세한 내용은 한 권의 책으로 만드는 거죠. 그런 상상을 해보세요."

"아, 네."

히비키는 눈을 감더니, 필사적으로 상상했다. 그녀와의 처음 만났을 때의 기억을 두꺼운 하드커버 서적으로 만들고, 제목을 붙인 후에 덮었다.

"당신은 현재, 도서관에 있답니다. 단, 이용자가 있는 도서관이 아니에요. 폐가식, 이라 불리는 특별한 도서관이죠. 그곳은 책장이 줄지어 있을 뿐, 사서도 없답니다."

"책장…… 줄지어 있다……."

히키비는 상상해봤다. 소문에 따르면, 호크마는 책장이

줄지어 놓여 있다고 한다. 히비키는 책을 싫어하지 않지만, 그렇다고 딱히 좋아하지도 않는다. 하지만, 책 그 자체를 떠올리는 건 손쉬웠다.

"히비키 양. 당신은 뭘 어째야 할까요?"

히비키는 책장 앞에 서더니, 아까 만든 책을 쳐다보았다.

"소중한 추억이니까…… 책장에……."

"아니에요."

"네……?"

반사적으로 눈을 뜨려 하는 히비키를 제지한 쿠루미는 그녀의 눈을 손으로 가렸다. 그리고 귓가에서 부드러운 목소리로 속삭였다.

"저와의 소중한 추억을 책장에 두면 안 되죠. 튼튼한 금고에 넣어둬야만 해요."

"튼튼한…… 금고……."

"당신의 책장은 언젠가 전부 파괴될 거랍니다. 책은 강탈당한 끝에 불살라지겠죠."

"그건—."

그건, 싫다. 절대로, 싫다.

"하지만, 금고에 넣어두면 괜찮답니다. 소중한 책을 금고에 넣어둔 후, 자물쇠로 잠그는 거예요. 그 자물쇠를 열 방법은, 패스워드 뿐이죠."

히비키는 그 말을 듣고 고개를 끄덕이더니, 그 튼튼한 강철 상자에 모든 것을 집어넣었다.

"패스워드—."

"금고라면, 당연히 그걸 열기 위한 패스워드가 필요하겠죠?"

"그래요. 패스워드가……."

"눈을 감은 채, 한 글자씩 알려드리죠. 그것을 종이에 적으세요."

히비키의 눈앞에는 책상과 종이, 그리고 펜이 있었다.

거기에 패스워드를 기입한 후, 한 글자 한 글자 신중하게 새겨넣었다. 그 패스워드는 색다르고, 멋쩍어서, 아마 그 누구도 함부로 입에 담지 않을 것이다.

"……이걸로, 괜찮겠어요?"

"괜찮지는 않지만, 비상사태이니 봐주겠어요."

"뭐, 그건 그래요. 비상사태, 비상사태, 우후후후후. 그럼 으음『토키사키 쿠루미는—』."

히비키는 몇 번 되풀이에서 말하면서, 그것을 똑똑히 기억했다.

쿠루미도 히비키가 외웠다고 생각하는 건지, 고개를 끄덕이며 다음 지시를 내렸다.

"좋아요. 그럼 패스워드가 적힌 종이를 불태우세요. 그리고, 잊도록 하세요. 그 단어만큼은 꼭 말이에요."

"어, 하지만……."

그랬다간, 지금은 기억하고 있더라도 진짜로 잊을 것이다.

게다가 토키사키 쿠루미는, 다음에 온 단어는 이제까지 한 번도 의식해서 기억하려 하지 않았다. 물론 이해가 가능한 단어지만, 토키사키 쿠루미와 연관해서 떠올려본 적이 없다. 게다가 그 뒤의 내용은 뚱딴지 같기 그지없었다.

잊자고 생각하지 않는다면 잊지는 않을 테지만…….

잊으라는 말을 듣는다면 잊을 수 있으리라.

"그러면 된답니다. 일단 그 종이를 태워서 잊도록 하세요. **패스워드는 설정됐어요.** 제가 기억하고 있으니, 당신은 기억할 필요는 없어요."

히비키는 시키는 대로 했다.

그리고 3초 후, 쿠루미는 손뼉을 쳤다. 그 날카로운 소리에, 히비키는 눈을 깜빡였다.

꿈을 꾸고 있었던 것 같은 느낌도 들었다.

뭔가 중요한 일을 이야기하고 있었던 것 같은…… 아니, 이야기를 나누기는 했는데……. 방금까지 똑똑히 기억하던 중요한 기억이, 안개 너머로 도망치고 말았다.

"이걸로 끝이에요. 이 일에 대해선 앞으로 이야기하지 말죠. 그리고 히비키 양은 생각조차 하지 마세요. 일주일 전 식사처럼, 기억 속에서 지우는 거예요."

"아, 알았어요……."

히비키는 쿠루미가 시킨 대로, 그 일을 깨끗하게 잊었다.

그리고, 조각배 위에서 흔들리고 있는 히비키의 발치에는—

이 배와 어울리지 않는, 금고가 있었다. 히비키는 이런 게 있다는 것도 망각하고 있었다. 이름 이외의 모든 것을 빼앗겼지만, 금고는 꼭 가져가야 한다고 절박하게 생각했다.

"부탁이야. 누가 좀, 부탁, 도와—."

입에서 약한 말이 새어 나오려 하는 것을, 허둥지둥 손으로 막았다. 이러면 안 된다고 생각했다. 어찌 됐든 간에, 남에게 도움을 청하는 건 최악의 행동이다.

거친 바다는 끝없이 펼쳐져 있다. 노는 없고, 끝도 없으며, 상륙할 땅도 없다.

그러니— 할 일은, 하나뿐이다.

"……잊어버린 단어를 떠올려서, 금고의 문을 연다……?"

금고는 자물쇠로 잠겨 있었다. 어떻게 할지 생각하려 한 순간, 거대한 파도가 히비키를 덮쳤다. 그와 동시에, 와직하고 땅 밑이 뒤흔들리는 듯한 소리가 들려왔다.

히비키의 얼굴이 새파랗게 질렸다. —배에, 구멍이 난 것이다.

◇

숨을 고르기 위해, 심호흡을 했다.

한 번, 그리고 두 번. 백스텝을 하며 탄막을 펼쳤다. 퀸은 그 탄막을 당당히 가르며 나아갔다.

"아하하하하! 뭐하는 거냐, 토키사키 쿠루미! 방어에 급급하구나!"

"아아, 짜증나……!"

초조해하는 게 당연했다. 여왕이 드디어 모습을 드러냈지만, 쿠루미는 아직 확신을 얻지 못했다.

확신을 얻지 못하고 있는 건— **룩과 비숍 중 누가 히고로모 히비키인가.**

노골적으로 히고로모 히비키인 척을 한 나이트는 금방 용의자에서 제외했지만, 남은 둘 중 어느 쪽인지는 알 수 없었다. ……만약, 히비키가 세뇌를 견뎌내서 『자아』가 남아 있다면, 단서를 줬을 것이다.

즉, 완전히 자아가 봉인된 것이다. 히고로모 히비키의 흔적을 노골적으로 남겨서 정에 호소하는 작전을 펼칠 줄 알았더니, 그것은 리스크가 지나치게 크다고 판단한 것 같았다.

하지만 정에 호소한다는 작전 자체는 포기하지 않은 것 같았다. 나이트를 히비키인 척 위장한 것이 그 계책의 일환일까.

"아무튼, 곤란하게 됐군요……!"

쿠루미는 몸을 빙글빙글 회전시키면서 총을 쐈다. 여왕의 사브르가 반짝이더니, 탄환을 뱄다.

다른 둘— 룩과 비숍은 움직일 기색이 없었다.

"저 두 사람이 신경 쓰이나 보지?"

여왕이 그렇게 말하자, 쿠루미는 짜증 섞인 시선으로 그녀를 노려보았다. 여왕은 어깨를 으쓱하며 말했다.

"시험해보지 그래? 너라면 어느 쪽이 그녀인지 맞힐 수 있겠지. 이래 봬도 나는 기대하고 있어."

이번에는 여왕이 크게 뒤편으로 물러나며 간격을 벌렸다.

"룩, 비숍. 상대해주도록."

그렇게 말한 그녀는 손가락을 튕겼다. 그러자 기다렸다는 듯이, 두 사람은 광기에 찬 절규를 터뜨리며 쿠루미를 덮쳤다.

"……【알레프】!"

"죽어……! 죽어 주세요! 저의 소중한, 저 분을 위해서!"

"죽어! 이 원수! 너만, 없었다면……!"

둘은 멋대로 쿠루미를 비난하며 달려들었다. 쿠루미는 차가운 눈길로 달려드는 두 사람, 그리고 거리를 벌린 여왕을 쳐다보았다.

여왕을 내버려 둘 수는 없다. 쿠루미는 여왕을 향해 단총을 겨눴다―. 표적이 무엇인지 눈치챈 여왕은 즐거운 듯이 웃었다.

한쪽 총구는 항상 여왕을 향했다. 그녀가 자신에게 쇄도하든, 다른 이를 노리러 가든, 그 틈을 놓치지 않으려는 것이다.

하지만 그것은 한 손으로 간부인 룩과 비숍을 상대해야만 한다는 의미다. 엄청난 핸디캡을 짊어졌을 뿐만 아니라, 쿠루미는 히고로모 히비키를 분간할 단서도 찾아야만 한다.

……물론, 비장의 카드는 있다. 그 패스워드…… 일이 잘 풀린다면, 히고로모 히비키의 봉인해둔 기억을 해방해서 원래대로 되돌릴 수 있을지도 모른다.

하지만 그 비장의 카드는 매우 위험한 존재이기도 했다. 히고로모 히비키의 의식이 아직 남아 있으며, 기억 또한 지니고 있다는 게 판명된다면, 그녀에게 기생한 룩 혹은 비숍이 내면에 존재하는 히고로모 히비키란 존재를 없애기 위해 전력을 다할 것이다.

패스워드가 된 말은, 이 상황과 어울리지 않는 말이다.

그 말을 외치면 다들 무슨 뜻인지 몰라 고개를 갸웃거리겠지만, 곧 그것이 히비키를 해방하기 위한 패스워드란 것을 눈치챌 것이다.

확증이 필요했다.

히고로모 히비키의 몸을 얻은 간부는 누구인가.

(……결론을 낼 수가 없군요.)

룩도, 비숍도, 본인의 능력을 풀로 활용하고 있다. 히고로모 히비키로서의 빈틈을 보이지 않는 것이다. 직감에 따라 고를 수밖에 없다고 생각한 쿠루미는 이를 깨물었지만— 곧 위화감을 느꼈다.

뭔가 이상하다. 뭔가 다르다. 뭔가 어긋나고 있다. 흘려넘기기에는 너무나도 거대한 위화감이다.

위화감이란, 실마리이기도 했다. 벽면을 기어 올라가기 위한, 발판인 것이다.

(만약, 제가— 여왕의 입장이라면…….)

즉, 토키사키 쿠루미를 최대한 괴롭히려 하는 인물이라면……. 룩과 비숍에게 히고로모 히비키인 듯한 느낌이 최대한 나게 한다. 그래서 어느 쪽이 히비키인지 쿠루미가 최대한 고민하게 만든다.

아니면, 한쪽이 히고로모 히비키인 느낌을 내게 해서— 쿠루미가 확신을 가지고 구한 소녀가, 실은 가짜에 지나지 않게 하는 것이다.

바로 생각난 것은 이 두 가지다. 하지만, 그녀들은 둘 중 어느 쪽도 선택하지 않았으며, 그저 룩과 비숍으로서 원성을 토하며 공격을 펼치고 있었다.

고통을 주지 않는다. 망설이게 하지도 않는다. 의문도, 초조도, 딱히 느껴지지 않는다.

이건 마치, 마치—

(뭔가 사정이 있어서, 숨길 수밖에 없는 걸까……?)

그것은, 토키사키 쿠루미를 괴롭히는 것보다 중요한 사항이다. 여왕에게 그런 것이 있을까. 만약 있다면—

(본래의 주목적. 케테르에 도달하는 것.)

하지만 자신들은 그것을 막기 위해 이 자리에 있다. 그런데— 여왕의 행동은 하나만을 가리키고 있었다.

시간 벌이. 시간을 최대한 끌기 위해, 할 수 있는 일을 전부 하고 있었다.

"아."

한순간, 쿠루미는 모든 상황을 머릿속에서 지웠다. 전투 중이라는 것도, 전황이 불리해지고 있다는 것도, 그 외의 모든 잡념을 전부 말이다.

눈치챘다. 깨달았다. 간파했다. 쿠루미는 **그녀**를 향해 고개를 돌렸다.

"**─너구나.**"

그 시선을 받은 건 루크도, 비숍도 아니었다.

"……아하."

그 시선을 눈치채고 의미심장한 웃음을 흘리는, 하얀 여왕.[퀸]

생각해보면, 퀸은 아까부터 어딘가 이상했다. 쿠루미와도 탐색전 같은 전투만 벌일 뿐, 자웅을 결하려는 듯한 기개나 사디스틱한 일면을 전혀 보이지 않았다.

이 전장에서 가장 **어울리지 않는** 행동을 취한 건, 여왕이었다.

그렇다면, 그녀는 누구일까. 퀸이 아닌 저 자는…….

당연히, 그 답은 히고로모 히비키다. 그녀는 여왕의 외형을 얻었다. 아마 【아크라브】라 불리는 탄환을 썼으리라. 그것은 간부만이 아니라, 여왕도 창조할 수 있는 것이다.

─물론, 이 추리에는 허점이 있다.

하지만 토키사키 쿠루미는 퀸이 생각해낼 수 있는 가장 악랄한 함정이 이것일 거란 사실을 이해했다. 꼭 죽여야 하는 대상인 여왕으로, 절대 죽여선 안 되는 대상인 히고로모 히비키를 배치한다. 여왕이라면 그 정도는 하고도 남는다.

그렇다면, 결단을 내려야 한다.

"히비키 양!"

그렇게 외쳤지만, 여왕은 반응을 보이지 않았다. 들통났는데도, 전혀 개의치 않았다. 토키사키 쿠루미는 히고로모 히비키를 되찾기 위해, 참담할 정도의 수고를 들이는 것이 확정되어 있는 것이다.

우선, 퀸이란 벽이 존재한다.

"호오, 나를 히고로모 히비키라고 부를 줄이야. 착란에 빠진 건가?"

여왕이 그렇게 말하며 웃자, 쿠루미는 부아가 치민 것처럼 그녀를 노려보면서 주저 없이 탄환을 날렸다. 여왕은 전력을 다해 그 탄환을 피하더니, 반격에 임하려 했다.

심호흡.

"히비키 양, 패스워드예요."

"……아!"

쿠루미는 입을 열더니, 드디어 그 패스워드를 여왕에게—여왕의 안에 있을 히고로모 히비키를 향해 선언했다.

끝없이 휘몰아치는 거친 파도, 굉음, 폭풍, 그 모든 것이 히고로모 히비키를 괴롭혔다. 히비키는 견디고 또 견디면서, 하염없이 기다렸다.

도와줘, 하고 외쳐봤자 소용없다. 구원의 밧줄을 움켜쥐어선 안 된다.

하지만, 배 밑바닥에 구멍이 나고 말았다. 천천히, 그리고 확실하게 배는 가라앉고 있었다.

그것은 히고로모 히비키라는 자아가 녹아서 사라지려 한다는 징조였다. 그래도 히비키는 기다렸다.

금고를 노려보며, 잊어버리고만 『무언가』를 기다렸다.

아직일까……. 아직일까……. 빨리…… 빨리……!

배가 가라앉는다.

발은 물에 잠겼고, 금고는 더욱 깊이 가라앉았다. 이대로 있다간, 이 금고를 열 수 없을 것이다.

히비키는 기도하며 금고를 노려보는 것 이외에는 아무것도 하지 않았다. 애초에 지금 자신이 할 수 있는 것이라고는 믿음을 가지고 기다리는 것뿐이다.

그리고 히비키는 각오를 다지며 크게 심호흡을 했다.

가라앉는 금고를 끌어안은 채, 바다로 빠져들었다. 숨이 막힌다. 수압 탓에 온몸이 짓이겨질 것 같다. 곧 죽는다—

정확히는 자아가 녹아서 사라질 위기에 처했지만, 히비키는 금고를 꼭 끌어안고 있었다.

복음은 느닷없이 찾아왔다.

『토키사키 쿠루미는, 칠석과 조릿대 카스텔라를 좋아해요.』

─아.

그 목소리는 하늘에서 바다로 쏟아지더니, 가라앉고 있는 히비키에게 닿았다. 그와 동시에 히비키의 기억이 연쇄적으로 폭발을 일으키자, 그녀는 필사적으로 금고를 향해 외쳤다.

"토키사키 쿠루미는, 칠석과 조릿대 카스텔라를 좋아해요!"

덜컹, 하며 금고가 열렸다. 그 안에 들어 있던 종이와 사진이 히비키를 뒤덮었다.

"그래…… 그래, 그래! 나는, 내 이름은 히고로모 히비키. 그리고, 나는…… 쿠루미 씨와 여행을……!"

기나긴 여행이었다.

싸웠다. 죽였다. 아이돌이 됐다. 잡히기도 했고, 고문을 당할 뻔한 적도 있으며, 탈출한 후, 쿠루미 씨와 수영복 차림으로 싸운 적도 있다. 포커도 쳤다. 범인 찾기도 했다. 판타지 세계에서 싸우기도 했다!

그 안에 들어 있던 것은, 그 사람과 만나고 쌓아온 모든 추억. 소중하고, 귀중하며, 사랑스러운 추억.

그래서, 히고로모 히비키는 결의했다.

"이런 곳에서…………."

이런 곳에서.

"죽을 순 없어어어어어어어어어어어엇!!"

고함을 지른 순간, 몸이 거친 바다 밖으로 튀어 나갔다. 주먹을 말아 쥐었다. 원래, 이 몸은 히고로모 히비키의 것이다. 여왕이 박아넣은 【아크라브】가 기생했을 뿐이다.

손을 뻗었다― 뻗어나갔다. 히고로모 히비키의 자아가, 기억을 얻은 덕분에 폭발적으로 거대화됐다. 그것은 간단히 바다를 뒤덮었고, 자신을 삼키려 하는 퀸에게 대항했다.

"이, 게……!"

자신의 껍질이 찢겨 나가는 듯한 고통, 유착된 여왕은 간단히 벗겨지지 않았다. 역시 자기 혼자만의 힘으로 그녀를 떼어내는 건 어려울 것 같았다.

"쿠루미…… 씨……! **부탁해요!**"

토키사키 쿠루미가 도와준다면!

◇

"부탁해요!"

그 외침은, 히고로모 히비키의 외침이었다. 성대가 바뀌었더라도, 외모가 여왕으로 바뀌었더라도, 알아듣지 못할 리가 없다.

그리고 그것은 그녀 혼자서는 여왕에게 대항할 수 없다는 증명이기도 했다. 물론 쿠루미와 히비키는 그럴 경우의 작전도 세워뒀다.

"어떻게 될지 모르니— 각오 단단히 해두세요! 〈자프키엘〉!"

선택한 탄환은 IX(나인). 쏜 대상과 의식을 연결해주는, 비전투용 탄환.

"【아홉 번째 탄환(테트)】."

그 순간, 쿠루미는 지면이 소실되는 것을 느꼈다.

"역시……!"

보통, 쿠루미가 무언가(누군가)에게 【테트】를 쏴도, 거기에 담긴 기억을 읽는 능력이 발동될 뿐이다. 일정량의 과거를 순식간에 체험하게 해주는 것으로 끝이다.

하지만, 현재 히고로모 히비키는 퀸이 됐다. 2중의 과거, 2중의 육체, 뒤엉키며 유착된 퀸이란 개념이 장애물이 되고 있는 것이다.

그럴 경우, 【테트】는 어떻게 될까?

……그 답은 버그가 아니라 치트였다. 쿠루미는 연결된 의식을 로프처럼 잡고— 그대로 몸을 던졌다.

"지금 가겠어요……!"

도착한 곳은, 히고로모 히비키란 소녀의 기억, 꿈. 정신(사이코) 잠항자(다이버)가 된 쿠루미는 히비키에게 승리를 안겨주기 위해,

그녀의 머릿속에 침입했다.

○그리하여 꿈의 꿈의 또 꿈으로

자— 문제는 이제부터다.

이런 사태를 고려하긴 했지만, 진짜로 히고로모 히비키의 머릿속으로 다이브하게 될 줄은 몰랐다.

"……이곳이 여왕의 머릿속이라면, 그냥 초토화시키면 될 텐데 말이죠."

토키사키 쿠루미는 하아, 하고 한숨을 내쉬면서 주위를 둘러보았다.

어둠에 뒤덮여 있지만, 바닥에 발이 닿아 있는 건 확실했다. 그리고 머나먼 곳에 존재하는 덧없는 빛도 눈에 들어왔다.

"그럼, 가볼까요."

이곳은 의식의 내면에 존재하는 세계다. 무슨 일이 일어날지, 무엇과 마주치게 될지, 아무도 모른다.

아무튼, 히고로모 히비키와 합류해야만 한다.

쿠루미는 걸음을 옮겼다. —물론, 총을 손에 쥔 채 말이다.

그 빛은 조그마한 흰색 문에서 흘러나오고 있었다. 문틈으로 희미한 빛이 새어 나오는 것을 보면, 이 문 너머는 환한 공간 같았다. 쿠루미는 주저 없이, 문손잡이를 돌렸다.

그리고 안으로 들어서자, 그곳은—.

"여기는……."

굴러다니고 있는 고양이와 강아지 모양의 봉제 인형, 선명한 색상을 띤 테이블, 샛노란 공과, 핑크색 벽.

"어린이방……일까요."

"아뇨. 여기는 세이프 하우스예요. 아이들한테 어린이방은 모든 세계나 다름없잖아요?"

귀에 익은 목소리를 듣고 뒤를 돌아본 순간— 쿠루미는 진짜로 턱이 빠질 뻔했다.

"이야~, 안녕하세요. 쪼끔 오래간만이에요, 쿠루미 씨."

눈앞에 있는 건 히고로모 히비키—가 맞지만……

"……히비키 양, 인가요?"

"아마 그럴 거예요~!"

정확하게는, 앳된 모습을 한 히고로모 히비키였다.

복장은 변함이 없지만, 키는 절반 정도로 줄어들었다. 추정 연령은 여섯 살 정도. 찬란히 빛나는 눈동자는 원래의 히고로모 히비키와 똑같았다.

"기억은 지니고 있나요?"

"대충은요. 하지만 **분리**와 조립에 애먹고 있거든요. 좀 도와줬으면 해요."

"물론이죠. 그래야 이 세상에서 나갈 수 있을 테니까요."

쿠루미는 그렇게 말하더니, 거의 무의식적으로 손을 내밀었다.

"……어라."

"……어머."

그 손을 본 히비키도, 손을 내민 쿠루미도, 어리둥절한 표정을 지었다. 쿠루미가 손을 빼려 하자, 히비키는 냉큼 그녀의 손을 움켜잡았다.

"고마워요~♪"

"……뭐, 겉모습이 어리니 봐 드리도록 하죠."

쿠루미는 약간 쓴웃음을 지으며 그렇게 말했다.

어린이 방에는 자신이 바라는 것이 없다고 히비키가 말했다.

"여기서부터는 조심해 주세요. 제 심층 의식의 세계니까요."

"어떤 어처구니없는 세계가 기다리고 있을지 모르기 때문인가요?"

"……뭐, 그럴 거예요!"

"긍정하는 건가요……."

히비키가 의기양양하게 가슴을 펴자, 쿠루미는 어이없다는 투로 그렇게 중얼거렸다.

"아, 그게 말이죠. 제 의식이 변변찮은 생각을 할 리가 없거든요. 후후후, 어쩌면 죽고 싶어질 정도의 광경이 펼쳐져 있을지도 몰라요."

"만약 짐승이나 다름없다면, 그냥 내팽개치겠어요."

"즉답! 제발 부탁이에요! 좀 봐주면 안 될까요?!"

"나름대로 선처해보죠. 어디까지나 나름대로 말이에요."

"불안 그 자체~! 뭐, 됐어요. 자······ 어린이 방 너머에는 과연 무엇이 존재할까요!"

히비키는 어린이 방의 문을 힘차게 열어젖혔다.

그 순간, 바람이 불어 들어왔다.

"어머."

공간이 펼쳐져 있었다. 도로, 집, 그리고 깨끗한 학교 건물. 그리운 풍경이었다.

"말쿠트······군요."

"그런 것 같아요."

이곳은 토키사키 쿠루미와 히고로모 히비키가 만난 영역. 모든 일의 스타트 지점이다.

"그렇다면, 목적지는 학교겠군요."

두 사람이 가기로 한 곳은 처음 만난 장소가 아니라 한가운데에 있는 학교였다. 당시에는 매우 복잡한 사정이 있어, 토키사키 쿠루미는 히고로모 히비키가 되어 있었지만 말이다.

"그립네요~."

"그리워할 만큼 오랜 시간이 지나지 않았을 텐데요?"

"지났어요. 체감상으로는 얼마 안 지난 것 같지만요."

히비키는 쿠루미의 손을 잡아당겼다.

"어디에 가는 거죠?"

"여기가 말쿠트를 본떠 만든 장소라면, 저희에게 있어 가장 인상 깊은 장소는 어디일까요?"

"……흐음."

쿠루미는 잠시 생각해본 후에 답했다.

"히키비 양과 처음 만난 장소, 하룻밤을 같이 보낸 장소, 그 외에도 여러 장소가 떠오르는 군요. 하지만 가장 인상 깊은 곳을 꼽으라면— **그 교실**일 거랍니다."

"네! 정답이에요~!"

그리고 두 사람은 주저 없이 학교로 향했다. 모든 것은, 거기서 시작됐으니까…….

◇

오가는 여학생들이 쿠루미와 히비키를 이상하다는 듯이 쳐다보았다. 학생…… 원래라면 존재할 리 없는 소녀들이, 청춘을 구가할 권리를 지닌 이들이, 여기에 있었다.

"저 소녀들의 얼굴이 눈에 익나요?"

"아뇨…… 모르는 사람이에요. 그것보다, 얼굴이 약간 흐릿해 보이지 않나요?"

히비키가 말한 것처럼, 여학생들은 하나같이 얼굴의 윤곽이 모호했고, 흐릿해 보였다.

"이런 표현은 좀 그렇지만, 배경…… 엑스트라 같은 걸까요."

귀를 기울여보면, 대화 내용도 모호했다. 고유명사가 없고, 내용도 없으며, 날씨 이야기만 계속하고 있는 듯한, 마치 아무래도 상관없는 이야기를 쭉 늘어놓고 있는 것만 같았다.

"저희의 교실은…… 아, 여기네요."

히비키가 손가락으로 가리킨 교실의 문을, 쿠루미가 열었다.

"―어머, 어머, 어머."

반가운 이들이, 그곳에 있었다.

셰리 무지카, 토나미 후루에, 창, 이부스키 파니에, 히지카타 이사미, 타케시타 아야메, 노기 아이아이, 폴스 프록시, 사가쿠레 유이.

그녀들은 아무 말 없이 토키사키 쿠루미를 응시하고 있었다.

"저기, 좀 무서운데요……."

"안심하세요, 히비키 양. 저도 당신 못지않게 무섭답니다."

저렇게 무표정한 얼굴로 쳐다보니, 로봇에게 발견 당한 것 같아 무서웠다. 그 외에 다른 게 없나 싶어 주위를 둘러보니, 책상 위에 인형 하나가 놓여 있었다.

"아……!"

히비키가 허둥지둥 뛰어가더니, 그 인형을 들어보았다. 쿠루미는 그 인형이 눈에 익었다.

"분명……."

"네. 제 생명의 은인, 1호예요. 히류 유에. ……의식 세계에도 이제 존재하지 않네요. 나는 바보 멍청이. 기억력이 조금만 좋았다면, 떠올릴 수 있을 텐데……."

히비키는 그렇게 말하며 어울리지 않게 낙담했다.

"존재하지 않는다는 건, 그녀에 관해서는 마음의 정리가 됐다는 의미겠죠. 그것으로 충분하지 않나요? 적어도 그녀는 최후의 순간까지 당신의 친구였답니다."

쿠루미는 히비키의 머리를 가볍게 두드려줬다. 쿠루미의 평소와 다른 행동을 취한 바람에 히비키는 눈을 껌뻑였지만, 곧 부끄러운 듯이 웃었다.

"……맞아요. 자, 유에. 여기 가만히 있어. 네 덕분에 지금의 내가 있는 거야."

히비키는 소녀의 인형을 책상 위에 조심조심 내려놨다.

"자, 쿠루미 씨. 이제 어떻게 하죠?"

"글쎄요. ……아, 그러고 보니 이 자리에 있으면 안 되는 인물이 있으니 말을 걸어보도록 할까요."

"있으면 안 되는…… 아."

쿠루미가 손가락을 가리킨 곳에는 이 자리에 있어선 안 되는 소녀가 있었다.

"룩— 그것도 저희가 만났던 룩이군요."

언뜻 보기에는 너무 수수해서 주위에 묻힐 듯한 새하얀 소녀였다. 과거에는 루크라는 이름이었으며, 퀸의 수하였다.

자리에서 일어난 그녀는 희미한 미소를 머금으며 말했다.

"이 몸은, 여왕의 것이에요."

"어머, 그런가요?"

"히고로모 히비키 양은 여왕의 분신이 되어야 만 하는 존재예요. 저희는 무리지만, 히비키 양이라면 가능해요. 왜냐하면 히비키 양은—."

그녀가 그렇게 말하면서 〈버밀리언〉을 움켜쥔 순간…….

"그딴 잔혹한 악몽은 사양하겠어요."

룩의 미간에 구멍이 생겼다.

"……저기…… 도와달라고 해놓고 이런 소리를 하는 건 좀 그렇지만…… 이야기를 끝까지 들어보는 게 어떨까 싶은데요…….'

히비키가 어이없다는 눈길로 쳐다보았지만, 쿠루미는 어깨를 으쓱했다.

"히비키 양의 과거나 설정 같은 것에는 흥미가 없답니다."

"이 사람, 진짜 너무하네! 뭐, 저도 딱히 흥미는 없지만요!"

히비키는 태연한 어조로 그렇게 답했다.

"그건 그렇고, 쏴버리긴 했는데…… 괜찮은 걸까요?"

"……아무래도, 괜찮은 것 같네요."

그 목소리는 아까보다 조금 높은 곳에서 들려왔다. 고개를 돌려보니, 방금까지 여섯 살 정도로 보이던 히비키가 아홉 살 정도로 성장해 있었다. 손발도 조금 길어졌다.

"……그래요. 성장했군요."

"네, 금방 완전체가 될 수 있겠어요!"

"완전체가 된 후에 난수 같은 걸 좀 조작해주면, 갓난아기로 되돌아가지 않나요?"

"저한테 그런 버그를 시험하려고 하지 마세요! 이 사람, 진짜 무시무시하네~!"

"농담이에요, 농담."

"쿠루미 씨의 농담은 농담처럼 안 들리니까, 심장이 좋지 않다고요. 이 의식 세계에서도 심장이 뛰고 있는지는 좀 의문이지만요……."

"어머…… 다른 분들이 사라졌군요."

쿠루미는 약간 아쉽다고 내심 생각했다. 그녀들은 이 세계에서 처음 만났던, 여러 면에서 강렬한 소녀들이었던 것이다.

"뭐, 어쩔 수 없네요. 자, 다음 의식으로 향하도록 할까요. 이번에는 과거일까요? 아니면 꿈?"

"어머, 과거와 꿈은 다른 건가요?"

"네. 과거는 방금 같은 케이스예요. 그리고 꿈은…… 제 꿈은 아마 『엉망』일 걸요."

"엉망……?"

"잡다하달까, 대충대충이랄까, 혹은 제가 빠져 있던 것이 세계의 기반이 되어 있을지도 몰라요."

"그런가요. 히키비 양이 빠져 있던 것이……."

"네. 구체적으로는 장르라고나 할까……."

"그렇다면…… 불길한 예감이 엄습하는군요."

"그런가요?"

그것도 그럴 것이, 상대는 히고로모 히비키인 것이다. 전투에는 재능이 전혀 없지만, 그 이외에 대한 재능이 넘쳐난다. 그녀가 빠진 장르는 다채로우며, 엉망진창일 뿐만 아니라, 카오스 그 자체다.

"그럼 다음 장소로 가죠~!"

쿠루미와 히비키는 교실의 문을 열고, 걸음을 내디뎠다. 그 순간, 또 경치가 변화했다.

"어머, 어머……."

넓은 공간이었다. 천장의 샹들리에를 보면 실내가 틀림없다. 중후하게 장식되어 있으며, 일본이라기보다는 해외, 그것도 유럽의 오래된 건축물을 연상케 했다.

그리고 주위에는 아름답게 꾸민 여성들이 있으며, 그녀들의 옷차림도 현대가 아니라 200년 쯤 전 유럽 느낌의…… 영장이라는 의미가 아니라, 진짜 드레스를 입고 있었다.

어쩌면 영국 혹은 프랑스인 걸까? 쿠루미는 미심쩍어하면서, 히비키에게 말을 건넸다.

"히비키 양, 이곳은 과거인가요? 아니면 꿈?"

"……무, 물론…… 물론, 꿈이에요……. 그것보다 쿠루미 씨. 드릴 말이 있는데요."

"네, 뭔가요?"

"화 안 낼 건가요?"

불길한 예감이 엄습하는 질문이었다.

"내용에 따라 다를 것 같군요."

"불안만 엄습해…… 그래도 파이팅, 히비키! 으음~, 쿠루미 씨. 우선 자기 옷차림을 확인해주세요."

"어머나."

변화한 것은 풍경만이 아니었다. 쿠루미의 영장도 어느새 고스로리 코스튬으로 변화되어 있었다.

"이건…… 드레스, 군요."

붉고 화려한 색상을 띤, 호화로운 드레스였다. 쿠루미의 원래 영장은 검은색과 붉은색으로 꾸며져 있지만, 이 드레스는 붉은색이 중심이었다. 가슴팍에서 치마까지 이어져 있는 붉은색 리본이 귀여웠다.

쿠루미는 나쁘지 않다고 생각했다. 하지만, 이 복장 변화는 어떤 의미를 지니는 걸까.

"히비키 양. 이게 대체— 어머, 어머."

한편, 히비키의 복장도 변화했다. 그녀는 흰색 영장에서 감색 블라우스와 흰색 앞치마, 그리고 머리에는 프릴 레이스가 달린 헤드 드레스를 쓰고 있었다.

"저는 메이드네요. 호오, 호오…… 하지만…… 이건……."

"이게, 어쨌다는 거죠?"

"으음, 그게 말이에요. ……우선 사과부터 할게요. 죄송해요."

"그렇군요. 일단 쏴버려도 되는 안건이란 거죠?"

"기다려 주세요! 일단 이야기부터 끝까지 들어줘요!"

히비키가 목숨을 구걸하자, 쿠루미는 한숨을 내쉬며 총을—내리려다, 움직임을 멈췄다. 유심히 보니, 쿠루미가 쥔 것은 〈자프키엘〉이 아니라 부채였다.

"저기, 이건 대체 뭐죠……?"

"으음, 아마도 이건…… 『여성향 게임 세계로 위장한 악역영애물』이 아닐까 싶어요."

쿠루미는 갸우뚱, 갸우뚱, 갸우뚱 하고 고개를 세 번 갸웃거렸다.

"여성향 게임 세계로 위장한 악역영애물? 저기. 죄송한데요, 히비키 양. 일본어로 이야기해주지 않겠어요?"

"일본어로 이야기했거든요?! 으으, 들키고 싶지 않았어……. 아니, 언젠가 알려드릴 생각이었지만, 타이밍이……."

쿠루미는 한탄하는 히비키에게 상황을 설명하라고 캐물었다. 바로 그때, 위편에서 목소리가 들려왔다.

"—토키사키 쿠루미!"

"……어머나."

그 목소리의 주인은 창이었다. 그녀는 드레스가 아니라, 남장— 깔끔한 군복을 입고 있었다. 흰색과 황금색으로 구성된 화려한 옷을 입은 창의 모습은 그야말로 왕자님 그 자체였다.

하지만…….

"……창 양의 얼굴에 뭔가 붙어 있군요."

"아마, 제가 남성을 한 번도 본 적이 없으니까……."

창의 이마에는 『대리』라고 적힌 종이가 붙어 있었다. 그 종이 때문에 앞이 보이지 않을 것 같지만, 아무래도 괜찮아 보였다.

"저는 쿠루미 양에게 괴롭힘을 당했어요~!"

그리고, 창의 팔을 움켜잡고 있는 건─.

움켜잡고, 있는 건…….

"……저기 ……저 분은…… 누구시죠……."

"모모조노 마유카! 모모조노 마유카야! 너한테 괴롭힘을 당했던, 모모조노 마유카!"

"아아, 으음…… 분명…… 호드에서 만났던……!"

"예소드였어! 그 정도는 기억하란 말이야."

"으음……."

쿠루미는 너무하다고 생각했다. 그러고 보니 저런 준정령을 만난 적이 있긴 하지만, 당시에는 그녀의 수하였던 룩이 훨씬 임팩트가 강했다. 그리고 직후에 여왕과 이런저런 일이 있었기 때문에 그녀에 대한 기억이 머릿속에서 깨끗하게 지워졌던 것이다.

솔직히 말하자면, 이름과 얼굴을 접해도 「으음…… 그러고 보니…… 저런 사람도…… 있었던 것…… 없었던 것…… 있었어요? 있었다고요? 그런가요……」 같은 레벨이다.

퀸의 관계자는 아닌 것 같았다. 창과 모모조노 마유카,

그리고 쿠루미와 히비키 외에는 배경인 인간뿐이다.

창과 마유카는 계단 위의 층계참에 있고, 쿠루미는 계단 바로 아래에서 히비키와 함께 창을 올려다보고 있다. 마유카가 아래편에 있는 쿠루미를 쳐다보며, 빙긋 웃었다— 그 표정을 보자, 화가 치솟았다.

쿠루미는 한숨을 내쉬더니, 히비키에게 물었다.

"그런데…… 이건 대체 무슨 일이죠?"

"이건 말이죠. 약혼 파기물이라고 불리는 장르인데……."

"흐음."

"우선 왕자 역할의 창 씨가 악역영애인 쿠루미 씨와의 약혼을 파기하려고 해요."

"저는 약혼한 기억이 없답니다."

"……."

"네, 입 다물고 있겠어요."

히비키가 말을 끊지 말아 달라고 표정으로 호소했기에, 쿠루미는 일단 입 다물고 있기로 했다.

"쿠루미 씨는 악역 같은 면상과 나쁜 소문 탓에, 주인공 (가짜)에게 심술을 부렸다는 말도 안 되는 험담이 퍼져나간 거예요!"

한순간, 쿠루미는 〈자프키엘〉을 쏘고 싶다는 충동을 느꼈다.

"딱 어울리죠?!"

쓰기로 했다. 부채에 달린 방아쇠를 당기자, 어딘가에서 탄환이 발사됐다.

"저기…… 무턱대고 쏘는 건 자제해주셨으면 하는데요……."

"선처해보겠어요~."

히비키는 어험 하고 헛기침을 한 후, 설명을 이어갔다.

"그리고 직면하게 된 왕자와의 약혼 파기 위기! 그러나! 용의주도한 쿠루미 씨는 반론에 쓸 재료를 잔뜩 준비해뒀고, 왕자의 망언을 박살 낸 후에 주인공(가짜)을 형무소로 보내 버리는 거예요!"

"……그 주인공(가짜)은 뭐죠?"

"으음, 애초에 왜 이런 에피소드가 된 거냐면 말이죠? 이 시추에이션이 가공의 여성향 게임과 흡사하다는 것을 악역 영애 측이 깨닫는 게 포인트예요."

"……으음……?"

"즉, 여성향 게임 세계로 전생했다……는 설정이에요. 쿠루미 씨, 그리고 저기…… 저기, 으음……."

히비키는 모모조노 마유카를 힐끔 쳐다보았다.

"맞다, 마유카 씨."

"마~유~카~! 진짜, 열받네! 네가 나를 만들어냈잖아!"

마유카는 그렇게 외치더니, 다시 창의 팔을 꼭 끌어안았다. 창은 아무래도 상관없다는 듯한 표정을 지었다.

"흠. 그러니까 게임 세계로 전생한 저는 게임 세계의 악역이 됐다는 걸 알고, 상황을 역전시키려 한다는 거군요?"

"역시 쿠루미 씨! 금방 이해하셨군요!"

"……그리고, 이 상황의 클리어 조건은 어떻죠?"

"뭐, 제가 생각한 거니까…… 이상적인 꼴좋다 엔딩을 맞이한다…… 일 거예요."

"즉, 예를 들어— 사살!"

철컥, 하는 소리에 히비키는 재빨리 반응했다. 그건 그렇고, 왜 부채에서 격철이 움직이는 소리가 들리는 걸까.

"저기, 총을 난사해서 상황을 금방 정리하는 것만은 참아주세요. 여기는 제 의식 세계이거든요! 제발요! 이 상황에 맞춰 행동하지 않았다간, 아마 클리어하지 못할 거예요!"

"……알았어요. 그런데, 어떻게 하면 되죠?"

"그럼 제가 내레이션을 담당할 테니, 그 후로는 이 대본에 적힌 대사를 읊어주세요!"

히비키는 슬그머니 대본을 건네줬다. 쿠루미는 그것을 몰래 건네받더니…….

"하아, 알았어요. 그렇게 하죠."

헛기침하면서, 히비키의 대사를 기다렸다.

"여기는 『나이트메어 제국』. 공작영애이자 창 왕태자의 약혼자인 토키사키 쿠루미는 현재, 왕태자와의 약혼이 파기될 상황에 처했다—."

"히비키 양, 히비키 양. 나이트메어 제국이란 명칭은 이미 이미지가 좀 나쁘지 않나요?"

"그 부분에 딴죽 걸지 말도록—. 어차피 이제부터는 나이트메어 제국 이야기는 거의 나오지 않을 테니—."

쿠루미가 지적하자, 히비키는 담담한 어조로 그렇게 대구했다. 쿠루미는 어쩔 수 없다고 생각하며 대본을 읽었다.

첫 장면. 쿠루미, 부채로 입가를 가리며 말했다.

"『어머나, 어머나. 괴롭혔다는 게 무슨 소리인지요? 모모조노 마유카 남작영애님』…… 어? 그녀를 부를 때, 님자를 붙여야만 하나요? 짜증과 함께 살의가 샘솟는데요."

"『창 왕자님. 저는 진짜로 쿠루미 님에게 괴롭힘을 당했어요~!』……저기, 진짜로 안 쏠 거지?! 이건 회화극이거든?! 나, 진짜로 무섭거든?!"

"『흠. 그게 사실이라면 문제가 되겠지. 어디까지나 사실이라면, 말이야.』"

창은 왕자 역할을 무난하게 소화하며, 담담히 대사를 입에 담았다. 『대리』라고 적힌 종이가 성가셨는지, 떼서 구겨버렸다.

"『제가 모모조노 마유카…… 님 같은 남작영애 따위를 왜 신경 써야만 하죠? 애초에, 창 왕자님은 저의 약혼자이시잖아요.』……잠깐만 기다려 주세요. 약혼자라는 게 무슨 소

157

리죠?"

히비키는 싹싹 빌며 애원했다.

"그 점은 그냥 눈감아주세요! 어디까지나 왕자님 대리니까요!"

쿠루미는 땅이 꺼질 듯이 한숨을 내쉬었지만, 투덜거리며 고개를 끄덕였다.

히비키의 말대로, 그녀는 대리다. 즉, 그녀를 『그』라고 여기면 되는 것이다. 응, 좋다. 어떻게든 될 것 같다.

어렴풋이 기억하는 『그』의 모습을, 어떻게든 떠올렸다. 의욕이 났다.

"『에이~, 연애는 자유잖아요~. 게다가, 남이 정해준 약혼자와의 사랑 같은 건 거짓이나 다름없지 않나요~?』"

"이 도둑 쥐새끼, 확 죽여버리겠어요……."

움켜쥔 부채가 부서질 것만 같았다. 창을 『그』로 여기기로 한 쿠루미는 그 말을 듣고 살의에 불타올랐고, 히비키는 허둥지둥 진화 작업에 이행했다.

"진정해요! 제발 진정 좀 하세요! 이 사람, 진짜 나이트로글리세린 같네!"

히비키가 필사적으로 달래서 쿠루미를 진정시켰다. 한편, 마유카는 겁을 한껏 집어먹고 울상을 지었다.

"어험, 어험. 후우……(심호흡)『저와 그의 약혼을 나라에서 정한 것이랍니다. 거기에 끼어든다는 것 자체가 크나큰

죄죠. 그리고 왜 창 왕자님께서는 제가 아니라 모모조노 마유뭐시기 따위를 졸업 파티의 파트너로 삼으신 거죠?」

"모모조노 마유까지 기억했으면, 마지막 한 글자도 좀 맞춰보란 말이야, 이 악마!『그, 러, 니, 까~, 토키사키 님은 버림받은 거랍니다. 저를 괴롭힌 탓에 말이죠!」

"『음, 그래. 솔직하게 말해, 실망했어.』"

"『그럼, 괴롭힘을 당했다는 증거를 내놔 보세요.』"

"『그럴 필요 없어. 마유카의 증언만으로 충분하거든!』"

"……히비키 양, 히비키 양. 왕자님이 저한테 불온한 소리를 하고 있는데요."

"아, 이건 왕자님이 적으로 돌아서는 패턴이네요."

"네? 적? 저분이? 그럴 리가 없는데요?"

"으음…… 약혼자였던 왕자는 잘생기기는 했어도 멍청해서, 주인공(가짜)에게 완전히 속아 넘어가기도 하는 게 왕도 패턴 중 하나거든요……."

"흐음, 그렇군요."

목소리가, 차갑기 그지없었다. 쿠루미는 부채를 총처럼 내밀면서, 히비키의 각본을 무시하기 시작했다.

"『헛소리 좀 작작 해주셨으면 좋겠군요. 증거도 없는데, 저 머릿속까지 핑크색인 분의 망상을 믿는다는 건가요? 제가 저분을 괴롭혔다고요? 말도 안 되는군요. 저라면 즉시 사살했을 거랍니다. 아니, 지금 바로 사살하도록 하겠어요.』"

『무, 무서워?!』

쿠루미가 한 걸음 내딛자, 마유카가 겁먹은 표정으로 뒷걸음질 쳤다. 대리인 창도 뒷걸음질 쳤다. 참고로, 히비키 또한 뒷걸음질 칠 뻔했다.

살의가 배어 나오는, 아니, 끓어 넘치고 있는 악역영애 토키사키 쿠루미는 히비키도 무서웠다. 아니, 오금이 저릴 정도로 무섭다.

"토키사키 쿠루미, 얌전히 굴어라. 너에게는 공작영애라 불릴 자격이 없다!"

—그리고. 갑자기 다른 캐릭터가 출현했다. 사가쿠레 유이의 얼굴을 지녔지만, 복장은 늠름하고 스마트한 기사갑옷이었다. 모모조노 마유카가 환한 표정으로 그녀를 쳐다보았다.

『기사로서, 네 횡포를 좌시할 수는 없다!』

"닌자 아니었나요?"

"……쿠루미 씨, 쿠루미 씨. 그건 현실에서의 이야기예요. 여기서는 기사예요."

『어머. 기사단장의 아드님…… 아드님? 이나 되시는 분이 참 난폭하시군요. 살기가 뿜어져 나오고 있어요.』

『큭…….』

사가쿠레 유이는 분하다는 듯이 신음을 흘리더니, 한걸음 뒤편으로 물러났다. 그 뒤를 이어 모습을 드러낸 것은 꽤 날라리 같아 보이는 소녀였다. 참고로 남장을 하고 있었다.

"어머, 리네무 양?"

『어이, 어이, 어이~. 쿠루밍, 왜 이렇게 심한 짓을 하는 거야? 경멸하겠다GO!』

날라리 같아 보이는 키라리 리네무가 그렇게 말하더니, 어이없다는 듯이 어깨를 으쓱했다.

『유이 군과 리네무 군!』

모모조노 마유카는 그렇게 말하더니, 환한— 다르게 말하자면 아양 떠는 듯한 미소를 지으며, 그렇게 말했다.

『……그래요. 두 사람 다 제 적이 되겠다는 거군요.』 ……적인가요?"

"기사단장의 아들과 날라리 타입 미남 플레이보이! 당연히, 쿠루미 씨의 적이에요. 물론 당하는 게 임무인 졸개 역할이지만요."

『정말 유감이군요. 두 사람처럼 우수한 사람들이 저딴 핑크 오브 더 데드에게 농락당한 건가요. 실망스럽기 그지없군요.』

그다지 흥미가 없어서 그런지 말투가 담담해지네…… 하고 쿠루미는 마음속으로 생각했다. 그건 그렇고, 핑크 오브 더 데드라는 알쏭달쏭한 욕지거리는 꽤 마음에 들었다.

『정체를 드러냈구나, 이 요물……! 병사! 그녀를 체포하라!』

창이 그렇게 말하자, 쿠루미는 부채를 내밀며 우아하게 웃었다.

"『제 몸에 손가락 하나라도 대보세요. 다 죽여버릴 거예요.』 ……아, 정정하겠어요. 『이미 전쟁은 시작됐으니, 다 죽여버리 도록 하죠. 〈자프키엘〉!』"

부채가 고풍스러운 단총으로 변모하자, 그에 맞춰 장총이 나타나서 악역영애의 손에 쥐어졌다.

우아하고, 요염하며, 활활 타오르는 불꽃과도 같이, 그녀 는 총을 거머쥐었다.

"『다들, 해치워버려!』"

그리고―!

"자, 전투 신은 그다지 중요하지 않으니 넘어갈게요."

"……저기, 히비키 양? 제 활약상을 생략하려는 건가요?"

"아, 그게 말이죠. 이길 게 뻔한 싸움, 그것도 고전을 전혀 하지 않으며 손쉽게 이기는 모습을 상세하게 묘사해봤자 그 다지 좋아하지 않는다고나 할까…… 그냥 약한 사람을 괴롭 히는 거란 소리를 들어도 반론을 못한다고나 할까……."

"하긴, 저는 약자를 괴롭히는 걸…………… 과도하게 즐기지는 않는답니다."

"……그런 걸로 해둘게요."

이게 지뢰라는 것을 눈치챈 히비키는 밟지 않았다. 아무 튼, 왕자의 지시를 받은 병사들은 전멸했다. 당연히, 기사단 장의 아들(딸)인 사가쿠레 유이와 날라리 남자(여자)인 키라 리 리네무도 깔끔하게 정리했다.

"히익?! 싫어, 무서워, 진짜로 무서워, 죽는 건 싫어, 싫어, 싫어~~~!"

그리고 모모조노 마유카가 탈락했다. 우엥~ 하고 엉엉 울면서 왕자인 창을 두고 도망치자, 역할을 다한 것처럼 소멸됐다.

"으, 으음…… 『맙소사. 나는…… 속고 있었던 건가!』"

창이 떠듬떠듬 말을 늘어놨다. 억지로 루트를 수정하고 있는 것 같았다. 만약 진짜 창이었다면 쿠루미와의 싸우게 된 것을 진심으로 기뻐했을 것이다. 그렇게 보면, 눈앞에 있는 인물은 창 본인이 아닌 게 틀림없다.

"『너를 오해했어. 용서해줘!』"

"『아뇨. 절대 용서하지 않을 거랍니다.』"

"『뭐…… 으으, 토키사키 쿠루미~!』"

창은 충격을 받은 듯한 표정을 지으며 반투명해졌다.

"꺄아~, 사라지려고 해! 쿠루미 씨, 쿠루미 씨! 어떻게 좀 해봐요~!"

"『……왕자님. 당신은 아직, 저를 좋아하나요?』"

"『물론이지!』"

그럼, 하고 말한 쿠루미는 옅은 미소를 머금으며 창 왕자를 향해 걸어갔다.

"『무릎을 꿇고 용서를 구하세요. 그러지 않으면—.』"

"『무릎을 꿇고 용서를 빌겠어~!』"

창 왕자는 바로 함락됐다.

"……아, 내레이션은 제가 할게요. 으음~. 이리하여 나이트메어 제국은 토키사키 쿠루미를 황제로 추대했고, 영원한 평화를 누리게 된다. 해피 엔딩……."

와아~, 하고 어딘가에서 박수갈채와 크나큰 함성이 들려왔다. 총을 다시 부채로 되돌린 쿠루미는 휴우 하고 안도의 한숨을 내쉬었다.

"클레임을 걸고 싶은 부분이 있긴 했지만, 꽤 재미있었어요. 히비키 양은 어땠나요?"

"그야 물론 엄청 재미있었어요! 이야~, 악역영애 쿠루미 씨는 진짜 멋졌다니까요~!"

악역이란 말이 좀 걸리기는 하지만, 멋졌다는 말은 진심인 것 같았기에 빙긋 웃었다.

"황제에게 그런 소리를 하다니 불경하군요."

히비키도 깔깔 웃더니, 머리를 긁적이며 죄송해요 하고 말했다.

"하지만 쿠루미 씨가 황제라면, 여러 의미에서 재미있고 요상한 디스토피아 제국이 될 것 같네요. 뭐, 그것도 나름……아, 다음 문이 열렸어요, 쿠루미 씨!"

뒤를 돌아본 히비키와 쿠루미의 앞에는 성문처럼 거대한 철제문이 나타났다.

"다음은 과거였으면 좋겠군요. 꿈이었다간, 또 말도 안 되는 일을 겪게 될 것 같으니까요."

"요상한 꿈을 꿔서 정말 죄송해요……."

"본심을 말해보세요."

"악역영애 쿠루미 씨를 봐서 정말 좋았어요!"

히비키의 머리에 꿀밤을 날린 쿠루미는 그제야 눈치챘다.

"어머, 또 키가 컸군요."

쿠루미의 말대로, 히비키는 또 성장했다. 손발이 길어졌고, 몸 곳곳이 약간이지만 여성적인 느낌을 띠기 시작했다.

"아, 진짜네. 으음, 추정 연령은 열세 살 정도일까요?"

"……흐음."

"유감이니 어쩌니 같은 소리를 하려는 거죠? 저도 알고 있거든요?!"

"아, 그런 게 아니랍니다."

"어……? 그럼 평소의 제가 가장 귀엽다, 같은 생각을 하신 건가요?"

"……아뇨. 내용물은 같으니까요. 귀찮으니 빨리 성장해서 원래대로 되돌아오는 편이 일침을 날리기 쉬워서 좋겠다고 생각했어요."

"그럴 수가~! 이제 됐어요! 빨리 성장해서 쿠루미 씨보다 키가 더 커지고 말겠어요~!"

"그러세요."

쿠루미는 그렇게 말하며 웃음을 흘렸다. 아아, 바로 이거다. 이 대화가 자신을 달래주고, 자극하며, 때로는 연정과 다른 무언가를 떠올리게 한다.

쿠루미는 그것을 좋아하면서도, 기피했다. 그렇다. 기피해야만 하는 감정이다. 이것은 언젠가 자신의 몸을 불태우는 불꽃이 되고, 독이 될 것이다. 그런 어렴풋한 예감이 들었다.

아무튼 다음 문을 열자, 쿠루미와 히비키는 예소드에 도착했다.

눈앞에는 예소드의 도미니언이자 S랭크 아이돌인 반오인 미즈하가 있었다. 그녀는 자신만만한 미소를 짓더니, 마이크를 내밀며 외쳤다.

"자, 노래로 승부하죠!"

당연히 쿠루미의 옷도 예의 아이돌 영장으로 바뀌어 있었다.

"바라던 바예요."

쿠루미는 다시 노래를 불렀다. 그냥 지켜보려고만 하는 히비키를 억지로 끌고 와서, 자신과 비슷한 아이돌 영장을 입혔다.

히고로모 히비키는 역시 노래도 잘 불렀다. 「나는 후방에서 프로듀서 행세나 하고 싶었는데!」 하고 푸념을 늘어놓았지만 말이다.

그리고 다음 문을 열자, 그곳은 또 히고로모 히비키의 꿈

이었다.

"일본 후궁 같은 데서 벌어진 살인사건을, 추리로 풀고 싶다는 거군요?"

"얼추 그런 느낌이에요!"

"시추에이션이 참 세세하군요……. 그런데 히비키 양."

쿠루미는 기생 복장을 한 자신을 거울에 비춰보며, 땅이 꺼지도록 한숨을 내쉬었다.

"후궁의 여성들은 이런 기생 같은 옷을 입지 않아요."

"그런가요? 저는 쿠루미 씨가 에로 뷰티풀하기만 하면 충분하거든요."

히비키는 전혀 반성하지 않는 듯한 표정으로 그렇게 말했다. 참고로 후궁에서 벌어진 정체불명의 살인사건의 범인은 장군(또 창이 맡았다)이었다.

다음 문을 열자, 그곳은 여왕이 없는 비나였다.

여왕과 똑같은 얼굴을 가진 엠프티들이 무수히 몰려드는 가운데, 쿠루미는 대활약을 펼쳤다. 상대가 약한 건, 아마도 『쿠루미의 활약을 보고 싶다』는 소망 때문이리라.

"마음껏 날뛰니 개운하군요……. 〈자프키엘〉도 기뻐하고 있어요."

"쿠루미 씨, 그건 야만족들이나 할 발언이에요. 궤도수정 부탁해요~."

쿠루미는 어험어험 하고 거칠게 헛기침을 했다. 자기가 생각해도 방금 발언은 좀 그렇다고 생각하는 것 같았다.

"정말…… 싸움은 공허한 것이군요. 저는 싸움이 정말 싫어요."

쿠루미가 애처로운 표정을 짓자, 히비키는 약간 당황했다.

"궤도수정을 너무 심하게 해서, 오히려 더 무시무시해진 것 같네요. 그렇게 싫어한다는 싸움을, 쿠루미 씨는 아까 참 즐겁게 벌였잖아요."

"……자, 다음 문으로 향하죠. 히비키 양의 몸도 예전과 거의 똑같아졌으니까요."

"네~!"

그리고 두 사람은, 다음 문을 열었다.

"아."

히비키는 무심코 그렇게 외쳤다. 그곳은 또 말쿠트였다. 단, 장소가 달랐다. 적어도, 쿠루미에게는 낯선 장소였다.

"아아…… 아아, 여기야. 마지막은 여기군요."

원래 모습으로 되돌아온 히비키가 무릎을 꿇더니, 뭔가를 그리워하는 듯한 어조로 그렇게 중얼거렸다. 쿠루미는 고개를 갸웃거렸다. 그저 벽과 담만 있는 이 공간을, 히비키는 응시하고 있었다.

"여기는……."

"제가, 쿠루미 씨와 처음 만난 장소예요."

"어머나."

쿠루미는 건너편 세계에서 인계에 떨어진 방랑자^{원더러}다. 그리고 여기서 히고로모 히비키를 만났으며, 히비키는 『선택』했다.

"저는 여기서, 토키사키 쿠루미가 되고—."

"저는 여기서, 히고로모 히비키가 된 거군요."

히비키는 복수를 위해 힘을 갈구했다. 쿠루미는 삶의 목적을 찾기 위해 따라갔다.

그리고 시작된, 기나긴 싸움.

발걸음 소리가 들려오자, 쿠루미와 히비키는 돌아보았다.

—그리고 가볍게, 숨을 삼켰다.

"이제 그만, 넘겨주는 게 어떻겠어요?"

눈앞에 있는 가짜— 토키사키 쿠루미가 그렇게 말했다.

"부탁이에요. 양보해주세요."

눈앞에 있는 가짜— 히고로모 히비키가 그렇게 말했다.

"그럴 수는 없답니다. 그리고 이 자리에서 마무리를 짓겠어요."

진짜— 토키사키 쿠루미는 그렇게 단언했다.

그리고 히고로모 히비키는 이 자리에 있는 세 사람의 생각…… 개념, 인식을 뛰어넘는 발언을 했다.

"그것보다, 저한테 여왕 씨의 힘을 주세요."

……침묵이 흘렀다. 옆에 있던 쿠루미는 아연실색한 표정으로 옆을 쳐다보았고, 눈앞에 있는 가짜 콤비는 그 불손하기 그지없는 발언에 움직임을 멈췄다.

그리고 히비키는 태연한 어조로 말했다.

"어? 제가 무슨 이상한 소리를 했나요? 이 힘은 쿠루미 씨에게 도움이 될 거잖아요."

"一뭐, 그건 그렇……군요."

쿠루미는 어이없어해야 할지, 웃어야 할지 알 수가 없었다. 아무튼 대담한 발상이라 여기며 숨을 내쉬었다.

"뭐, 퀸의 힘을 통째로 전부 얻는 건 바라지 않아요. 하지만 신체 능력이라든가, 천사라든가, 그리고 영장을 조금이라도 나눠준다면一."

바로 그때, 가짜 콤비가 달려들었다.

더는 들어줄 수 없다는 듯한 반응이었다.

"〈자프키엘〉!", "〈자프키엘〉!"

"〈킹 킬링〉!", "거짓말, 쓸 수 있는 거야?!"

못 쓰는 건가요?! 란 쿠루미의 절규가 울려 퍼지면서, 전투가 시작되더니一.

○여왕의 개선

—마지막 조정이 필요했다.

드륵드륵드륵드륵. 신중에 신중을 기하며, **시계를** 조절했다. 게부라…… 변질된 영력과, 지금은 이 세상 사람이 아닌 도미니언이 성립시킨 세계의 법칙.

그것을 이용한 **천사의 개찬(改竄).**

가능성은 찾아냈다. 이제는 실제로 증명하기만 하면 된다.

……토키사키 쿠루미의 특징에 대해, 소녀는 생각했다. 뛰어난 전투 센스, 광기에 가까운 투쟁심, 튼튼하기 그지없는 〈신위영장 ·3번〉^{엘로힘}, 그리고 〈자프키엘〉.

하나같이 성가시지만, 그래도 소녀의 스펙과 거의 동일하다.

물론 〈루키프구스〉는 최강의 병기이며, 〈자프키엘〉을 압도할 힘을 지녔다. 계략적인 면에 특화된 〈자프키엘〉은 그런 의미에서 보면 불리할 것이다.

그렇다면, 남은 건 단순한 전력 차다. 단, 엠프티로는 안 된다. 그녀들은 그저 엑스트라에 지나지 않는다. 그리고 간부— 나이트, 룩, 비숍, 전부 코스트에 비해 힘이 떨어진다.

그렇다면, 답은 매우 단순하다.

토키사키 쿠루미에게는 없고, 자신에겐 있는 것. 그것은 **방대한 과거다.**

즉.

본래의 토키사키 쿠루미를 최강으로 만들어주는 탄환—**제8의 탄환**을 모방한다.

소녀는 천문시계를 조절했다. 신중에 신중을 기하며.

◇

결론부터 말하자면, 단숨에 결판이 났다.

"흐음. 소설로 치면 한 줄만에 결판이 난 거나 다름없겠군요."

"뭐…… 시작하자마자 【알레프】를 자신한테 쏘고, 그 다음에 【자인】을 쏴서 동결시킨 가짜 히고로모 히비키를 방패로 삼아 탄환을 막아낸 후, 가짜 쿠루미 씨를 향해 던져서 균형을 잃게 한 다음에 고속이동으로 등 뒤로 이동해서 연사연사연사~였으니까요……. 쿠루미 씨는 진짜 과감 그 자체네요~."

만약 쿠루미가 과감하게 밀어붙이지 않았다면, 이 싸움은 장기전이 됐을 가능성이 충분히 있다.

하지만, 그녀는 처음 두 수로 최대한의 효율을 발휘해서 상대를 단숨에 해치웠다.

"저는 제 약점을 잘 알고 있는 만큼, 대항책도 금방 짤 수 있었죠."

"다짜고짜 힘으로 밀어붙이기, 인가요?"

쿠루미는 자신만만하게 웃으며 고개를 끄덕였다.

"아까 전의 『저』는 경험이 부족했어요. 결국은 겉모습만 베꼈을 뿐이죠. 그런데, 이제 어떻게 할 거죠? 여행을 계속 할 건가요?"

"─아뇨, 여행은 여기서 끝이에요."

뒤를 돌아본 히비키는 화창한 날에 비가 오길 기다리고 있는 듯한, 그런 표정을 짓고 있었다.

"그렇……군요."

"하지만, 방법이 하나 더 있긴 해요. 여기서 영원히 지내 는 건 어때요?"

히비키는 구김 없는 미소를 지으면서, 당치도 않은 소리를 입에 담았다.

"……그게 무슨 소리죠?"

"아마 밖은 시간이 멈춰 있을 거예요. 여기는 의식의 세계 니까요. 그렇다면 여기서 열 시간을 보내든, 열흘을 보내 든…… 십 년을 보내든, 아마 밖의 시간은 계속 정지되어 있 겠죠."

"아무것도 없는 이 공간에서 말인가요?"

"무엇이든 만들어 낼 수 있다고요."

히비키의 말에서는 진실미가 느껴졌다. 쿠루미는 잠시 생 각에 잠긴 후, 물었다.

"제가 거부하면 어쩔 거죠?"

"잊었어요? 여기는 저의 의식 세계예요. 뭐든 뜻대로 되죠. 쿠루미 씨를 영원히 가둬두는 것도, 간단해요."

"……그런가요."

"……그래요."

한동안, 무언의 시간이 흘렀다. ……확실히 히비키의 말이 옳을지도 모른다. 히비키의 정신이란 거대한 미로에 발을 들인 것이나 마찬가지인 것이다. 그녀가 놔줘야겠다고 생각할 때까지, 이 세계의 시간은 멈춰 있을지도 모른다.

"쿠루미 씨가 바란다면, 학창 시절을 다시 보낼 수도 있거든요? 여기를 이렇게 해서…… 영차~."

히비키가 몸을 빙글 회전시키자— 마치 마술이라도 쓴 것처럼 그녀의 영장이 변화했다.

"……그 교복, 알고 있었나요?"

"전에 쿠루미 씨가 잡담 삼아 이야기해줬잖아요. 얼추 이렇게 생겼을 거라고 생각했어요."

그것은 쿠루미가 예전에 다녔던 고등학교의 교복이었다.

"잠시, 걷지 않겠어요?"

히비키의 제안에 쿠루미가 대답하려다— 약간, 놀라며 말문이 막혔다.

방금, 환영이 보였던 것이다. 눈앞에 있는 건 히비키가 아니라, 옛 반 친구이자 옛 친구처럼 보였다. 떠오른 것은 노을에 비쳐서 생긴 긴 그림자를 응시하며 별것 아닌 이야기를 나누던 그 시절.

정신을 차리고 보니, 해 질 녘이 되어 있었다. 붉은 노을이, 눈에 비쳤다.

쿠루미의 영장도, 히비키가 손을 쓴 것인지 교복으로 바뀌어 있었다.

"좋아요."

"그럼, 갈까요."

걸음을 옮겼다. 끝이 없는 것처럼 어렴풋한 길은 아무리 걸어도 끝나지 않을 것만 같았다.

아아, 그렇다. 몇 번이나, 이렇게 단둘이서 하교했다. 그녀의 집에 들른 적도 있었고, 쿠루미의 집에 들른 적도 있었다. 혹은, 편의점에서 먹을 것을 사서 단둘이 느긋하게 시간을 보낸 적도 있었다.

평온하고, 부드러우며, 자애에 가득 찬 나날. 일상을 살아가는 것으로 벅차고, 하루하루가 즐거워서, 그 외의 다른 무엇도 필요 없던 나날.

"히비키 양, 감기 걸린 적 있나요?"

"아, 없어요. 인계에도 감기가 있지만, 병은 기력으로 이겨낼 수 있거든요."

오호라. 그렇다면 히비키는 감기에 한 번도 걸린 적이 없으리라.

"감기에 걸렸을 때일수록, 건강했던 평소가 그리워지죠.

인간은 그런 생물이랍니다."

잃고서야 비로소 이해하게 된다. 그 보석 같던 나날은, 쿠루미에게 있어 건강 그 자체였다.

하지만 이제 돌이킬 수 없다. 걸음을 내디딘 이상, 책임을 져야만 한다.

—가세요, 청춘 시절의 저.

그렇게 마음속으로 말하며 심호흡을 한 후, 환영을 쫓아냈다. 금방이라도 흘러내릴 것 같은 눈물을 참았다. 괜찮다, 하고 스스로에게 속삭였다.

갑자기 학생 시절에 국어 시간에 배웠던 소설이 떠올랐다. 고향을 떠나는 남자의 독백이었다.

옛집도, 고향의 산과 물도 멀어져 가고 있다. 그에 따라, 아름다운 소년 시대의 기억도 옅어져 가는 것이 슬펐다.

얼마 후, 친구의 얼굴이 히비키로 되돌아갔다. 아까까지 명료했던 방과 후의 기억도 곧 흐릿해졌다.

어쩔 수 없다고 쿠루미는 생각했다. 그리고, 갑자기 히비키가 말했다.

"어쩌면, 인계는 이런 식으로 성립된 것일지도 몰라요."

"그게 무슨 말이죠?"

"그 상냥하고, 엄격하며, 달콤하면서도, 쓸쓸한 세계는……한 소녀의 내면에서, 넘쳐나온 걸지도 모른단 생각이 들어요."

"어머나, 로맨티스트군요."

쿠루미는 눈을 동그랗게 떴다.

"어쩌면 맞을지도 몰라요. 저는 감이 꽤 좋거든요."

"그랬죠."

어떤 사실을 깨달은 히비키가 인상을 찡그렸다. 쿠루미는 아까까지 손에 쥐고 있던 〈자프키엘〉을, 어느새 집어넣었다.

"총을 왜 집어넣은 거예요?"

그녀가 의아해하며 그렇게 묻자, 쿠루미는 어깨를 으쓱했다.

"여기에는 적이 없으니까요."

—아, 틀렸네. 못 당하겠어.

히비키는 그렇게 생각했다. 생각하고 말았다. 총으로 협박하는 게, 가장 손쉬운 방법일 것이다. 히비키는 쿠루미가 진심으로 화내거나, 총을 쏘기 시작하면 바로 해방해줄 생각이었다.

그녀가 받아들일 리가 없다. 여기서 영원히 산다는 것은 유혹으로서의 메리트가 너무 없다. 농담 삼아 한 말은 아니지만, 쿠루미가 받아들일 리가 없다고 생각했다.

히비키가 한 말은, 쿠루미에게 있어 명백한 적대 행위다.

하지만, 그녀는 총을 집어넣었다. 사소한 행동이지만, 그것은 히비키의 가슴에 쐐기를 깊숙이 박아넣었다.

토키사키 쿠루미는, 히고로모 히비키를 신용하고 있다.

그렇기에 적이 아니며, 그렇기에 설득하려 하고 있다. 그것은 폭력이나 광기가 아니라, 진지하게 히비키를 생각하는 감정에서 우러난 행동이다.

그렇기에, 이길 수 없다는 것을 떠올렸다.

"……슬슬, 돌아갈까요?"

히비키가 제안하자, 쿠루미는 옅은 미소를 지으며 고개를 끄덕였다.

히비키는 예전에 추락한 쿠루미가 쓰러져 있었던 장소를 아쉬운 듯이 손으로 만졌다.

"저는, 퀸이 아니에요."

"제 이름은 히고로모 히비키예요."

"저는, 토키사키 쿠루미 씨의— 친구예요."

"저는, 토키사키 쿠루미 씨와— 함께, 싸우겠어요."

이름을 입에 담으며, 맹세했다. 그와 동시에 바람이 휘몰아쳤다. 의식의 세계가 무너지더니, 재구축되어갔다.

히고로모 히비키란 소녀의 의식으로, 되돌아갔다.

"그럼 쿠루미 씨."

"네."

"함께 싸워요. 최후의 순간까지, 함께 할게요."

—아름다운, 너무나도 아름다운 것을, 쿠루미 씨는 보여줬다.

그렇다면, 여기서 어리광을 부리는 것은 어리석은 짓이다. 히고로모 히비키는 여기서 다시 시작할 것이며, 다시 한번 토키사키 쿠루미에게 있어 **첫째가는** 친구가 될 것이다.

쿠루미가 흐릿해졌다. 그녀도 그것을 눈치챈 건지, 안도의 한숨을 내쉬었다.

"그럼 먼저 실례하겠어요. 기다리고 있을게요, 히비키 양."

그렇게 쿠루미가 사라진 후, 히비키만이 남겨졌다.

눈물이 흘러나온 건, 슬픔 때문이 아니다. 쿠루미가 자신을 믿어줬다는 신뢰에서 비롯된 눈물이었다.

자— 전장으로 향하자.

◇

정신이 들었다. 눈을 떴다. 눈앞에서는 토키사키 쿠루미가 약간 놀란 듯한 표정을 짓고 있었다.

주먹을 말아 쥐었을 뿐인데, 힘이 샘솟았다.

"히비키 양, 맞죠?"

"네! 히고로모 히비키예요!"

씨익 웃자, 쿠루미는 눈치챘다. 이 상황과 전혀 어울리지 않는, 천진난만한 미소다. 그것만으로 확정이다.

"우우. 왜 그런 눈길로 쳐다보는 거예요? 제가 그렇게 이상한가요?"

"안심하세요, 히비키 양. 당신은 언제나 이상하답니다."

"물 흐르듯 디스하지 말아줄래요?!"

"자, 아무튼 나중에 거울을 보세요. 영장이 꽤 재미있게 바뀌어 있답니다."

"어?"

쿠루미가 말한 것처럼, 히고로모 히비키의 모습은 일변해 있었다. 얼굴은 바뀌지 않았지만, 심플하던 그녀의 영장이 군복 느낌으로 바뀌어 있었다. 손에는 사브르— 무명천사 〈킹 킬링〉의 2대째다.

그것은 퀸을 연상시키는 모습이며—.

"가, 감히……!"

룩과 비숍이 격노하기에 충분한 이유였다.

"그럼 히비키 양."

"네! 왜 그러세요?"

"함께 싸우죠. 당신의 힘을 저에게 보여주세요."

"……라져!"

쿠루미는 달려드는 두 간부를 견제하려는 듯이 사격을 했다. 그 틈을 노리듯, 히비키가 파고 들었다. 몸이 깃털처럼 가벼웠다.

"갑니다~!"

히키비는 환한 목소리로 그렇게 외치면서 사브르를 휘둘렀다. 그 공격을 받아낸 건 룩이었다. 무명천사 〈버밀리언〉— 적색의 낫.

하지만 히비키는 날카로운 호흡을 토하더니, 사브르에 더욱 힘을 줬다.

"……윽!"

루크는 그대로 밀렸다. 히비키는 어마어마하게 강화된 신체 능력을 이용해, 사브르를 아무렇게나 휘둘렀다. 검술의 기초조차 갖추지 않았으며, 영력을 사용하는 법도 틀렸다. 예를 들자면, 총을 장난삼아 휘둘러대는 어린애 같은 상태다.

하지만 기초를 모르더라도 방아쇠는 당길 수 있고, 발사된 탄환의 위력 또한 다르지 않다. 룩은 방어에 급급할 수밖에 없다.

"비숍!"

룩이 부르자, 비숍은 히비키의 뒤편으로 이동하려 했다. 하지만 걸음을 내디디려던 순간, 날아온 탄환이 그녀의 행동을 방해했다.

"토키사키…… 쿠루미……!"

"지금의 히비키 양에게 혼자서 당신들 둘을 상대하라고 하는 건 너무할 테니까요. 잠시만 그녀의 연습에 어울려주셨으면 해요."

쿠루미는 환하게 웃었다.

낫과 사브르가 격돌할 때마다 강철의 비명이 들려왔다. 히비키의 검술은 미숙하고 조잡하기에, 룩은 충분히 제압할 수 있을 거라고 생각했다. 마음을 진정시킨 그녀는 거리를 벌린 후, 낫의 칼날을 그어 올리며 아래편에서 위쪽으로 휘둘렀다.

하지만 히비키는 사브르를 휘두르며 도약하더니, 낫의 자루 부분과 사브르를 격돌시키며 공중에서 몸을 뒤틀었다.

"나뉘어라."

룩은 혀를 차더니, 허공에 있는 히비키를 향해 분신시킨 낫을 던졌다.

"어, 윽, 우왓!"

히비키는 허둥지둥 몸을 비틀며 피했지만, 착지에 실패하며 한심하게 바닥을 굴렀다.

룩은 그 틈을 놓치지 않겠다는 듯이 낫을 휘두르려 했고—

그 순간, 룩의 등골을 타고 오한이 흘렀다. 반사적으로 움직임을 멈춘 순간, 그 오한이 옳았다는 사실이 증명됐다.

일어났다, 가 아니라 튀어 올랐다.

히비키는 원래라면 룩의 심장이 있을 자리를 향해, 강렬한 찌르기를 날렸다.

"어라. 안 맞았네. 아쉬워라."

만약 룩의 결단이 1초라도 늦었다면, 그녀의 심장은 꿰뚫렸을 것이다. 그 사실에 아연실색했다. 그리고 이것은, 상황이 급속도로 나빠지고 있다는 증거였다.

즉, 히비키는 현재— **급속도로** 강해지고 있다.

룩은 분하다는 듯이 이를 깨문 후, 외쳤다.

"늘어나라."

그녀가 쥔 낫이 늘어났다. 그것을 수평으로 휘둘러서, 히비키와의 거리를 조절했다.

히비키는 지지 않겠다는 듯이 다시 돌격했지만, 낮의 엄청난 공격 거리 탓에 칼끝이 룩에게 닿지 않았다.

"히비키 양~. 공격 거리가 달라졌으니까, 함부로 물러나면 안 돼요~."

그런 느긋한 어조의 성원이 한참 떨어진 곳에서 들려왔다.

"참전해 주세요~!"

"그러고 있어요~."

쿠루미의 말은 옳다. 그녀는 엄호 사격으로 비숍을 견제하며, 룩과 히비키의 싸움을 주시하고 있었다. 그리고 구름처럼 몰려오는 엠프티들을 상대로 필사적인 방어전을 펼치는 준정령들도 돕고 있었다.

"걱정할 필요 없어요, 히비키 양. 당신이라면 이길 수 있을 거랍니다."

그리고 쿠루미는 그렇게 단언했다.

히비키는 한순간 눈을 껌뻑거리더니, 곧 좋았어~ 하며 기합을 넣었다.

"믿을게~요!"

이길 수 있다고 쿠루미가 단언한다면. 그 신뢰를 받아들이겠다.

최후의 최후의 최후의 순간까지, 그녀를 따르겠다.

"이, 게……!"

혼신의 횡베기를 사브르로 막아낸 히비키는 칼날을 미끄러뜨리며 룩에게 육박했다. 룩은 말 한마디로 낫을 늘리고, 불타오르게 하고, 투척하는 힘을 지녔다.

하지만 대응책이 많기에, 행동 선택에 약간 시간이 걸렸다. 그런 의미에서 쿠루미와 룩의 상성을 본다면, 쿠루미가 불리하다고 할 수 있다.

반대로 우직하게 돌격하기만 하는 히고로모 히비키는 룩을 상대로 상성이 좋았다.

주저 없이 일직선으로 나아가는 히비키가 노리는 건, 상대의 목이다. 룩이 내릴 수 있는 최선의 선택지는, 낫을 일단 버리고 뒤편으로 도약해서 거리를 벌리는 것이었다.

하지만 히비키라는 존재 자체가 그 선택지를 말소시켰다.

일개 준정령 따위를 상대로, 그것도 오만불손하게 여왕의 힘을 훔친 여자를 상대로, 물러난다는 건 절대 있을 수 없는 일이다.

그것은 엠프티가 가질 리 없는 격정이자, 증오였다.

조잡한 가짜 여왕의 모습을 보고 동요한 것이 패인이리라.

사브르의 칼날이 목의 오른편에서 왼편 쇄골까지 베고 지나가자, 피가 뿜어져 나오기도 전에 룩이 소멸했다.

"……휴우, 이겨버렸어요."

비숍은 아연실색한 표정으로 승리한 히비키를 바라보았다. 죽는 것은 명예이며, 사라지는 것은 새로운 간부의 탄생을 뜻한다. 그런 그녀들이, 하필이면…….

"너는, 대체, 뭐냐……!"

이런 가짜에게 패배하다니— 굴욕의 극치다!

비숍이 달려들었다.

"어, 잇, 얍!"

기묘한 목소리를 내며, 히비키는 비숍의 공격을 피했다.
맞으면 육체와 정신에 중력이 가해지는 비숍의 레이피어를, ^{그래비톤}
히비키는 종이 한 장 차이로 피해냈다.

"이, 게……!"

맞아라, 맞아라, 맞아라! 명중하기만 하면, 해치울 수 있다—!

"저기, 뭐 하나 물어봐도 돼요?"

히비키는 거리를 벌리면서 비숍에게 물었다.

"뭘—."

히비키는 천진난만한 표정으로 떨어진 곳을 가리켰다.

그곳에는 광적인 미소를 짓고 있는 소녀가 한 명 있었다.

"아무리 그래도 쿠루미 씨의 존재를 잊는 건 말도 안 되
는 짓 아닐까요?"

그 말에 비숍이 허둥지둥 고개를 돌린 순간, 그녀의 심장
과 머리에 탄환이 박혔다.

"아."

얼이 나간 것처럼 입을 벌린 채, 비숍은 온몸이 녹아내리
듯 사라졌다.

히비키는 기뻐서 신바람이 난 표정으로 쿠루미에게 뛰어 갔다.

"……해냈어요, 쿠루미 씨! 저희의 승리예요!"

"그래요, 저희의 승리예요. ……하지만, 핵심인 여왕이 아직 나타나지 않았군요."

"그러네요. 저도 신경이 쓰여요……."

"혹시 짚이는 데가 있나요? 히비키 양은 잠시이기는 해도 퀸이 됐었으니까……."

"에이, 저는 저라는 개념…… 인식이 여왕에게 삼켜지지 않도록 저항하느라 정신이 없어서, 외부를 신경 쓸 여유가 없었어요. 한밤중에 폭풍이 몰아치는 바다에 노 없는 보트를 타고 떠 있는 것 같았다니까요."

같았다기보다, 완전히 그런 느낌의 세계였다.

"그건 그렇고, 제가 여왕이라는 걸 용케 알았군요……."

"저는 이래 봬도 심술궂은 편이라서요. 여왕의 입장에서 생각해보니, 바로 감이 왔답니다. 그리고 관찰하다 보니, 위화감이 여기저기에서 느껴졌죠."

쿠루미가 별것 아니라는 듯이 그렇게 말하자, 히비키는 한숨을 내쉬었다.

"……제 생각인데 말이죠. 쿠루미 씨가 무시무시한 건, 한창 전투 중에도 그런 걸 생각하기 때문인 것 같아요~."

상황을 부감(俯瞰)한다고 하면 과장되게 느껴지겠지만,

눈앞의 전투에 빠져들지 않으면서 제삼자적 시점에서 상황을 살핀다는 건 일종의 재능이다. 게다가 전투를 치르면서 다른 무언가를 생각한다는 건, 상상을 초월할 정도로 어려운 일이다.

"간부를 섬멸했으니, 여왕이 오지 않는다면 오합지졸…….
그렇다면 슬슬 진짜가 나타날 것 같군요."

"으으. 오지 않았으면 좋겠네요."

"오지 않는다면, 저희가 거꾸로 오히려 곤란해질 거랍니다."

만약 오지 않는다면, 여왕에게는 다른 노림수가 있는 것이 된다. 그리고 그것은 틀림없이 치명적인 타격이 될 것이다.

"하지만, 상황적으로는 매우 불리하다고요. 여왕이 간부들과 함께 쳐들어왔다면, 아마 졌을 걸요?"

"아마, 라서겠죠."

"네?"

"히비키 양은 비나에서 여왕과 싸웠을 때를 기억하고 있나요?"

"마지막 부분만 목격했는데요……."

"아슬아슬한 싸움이었어요. 저는 당시에 최대한 지혜를 쥐어 짜내서, 100퍼센트 질 싸움을 장기판 자체를 엎어서 무효 승부로 만들었죠."

"……그랬군요."

"그녀는 그걸 두려워하는 걸지도 몰라요. 『아마』 이길 수 있는 게 아니라, 100퍼센트 확실한 승리를 원하는 게 아닐 까요?"

"에, 에이. 그러다 군대를 잃으면 본말전도도 아니에요?!"

히비키의 말이 옳다. 아무리 【아크라브】로 간부를 부활시킬 수 있다고 해도, 한도라는 것이 있다.

애초에 【헤트】와 마찬가지로, 그 탄환 또한 대량의 시간(혹은 영력이겠지만, 퀸이 반전체의 소질을 지녔으니 아마도 시간을 소비하는 무기일 거라고 쿠루미는 짐작하고 있다)을 필요로 할 것이다.

강대한 능력에는, 강대한 소비가 뒤따르는 것이다.

그것이 영력이든, 시간이든, 혹은 그 이외의 무엇이든, 등가교환을 원칙으로 하는 것이다.

쿠루미는 잠시 생각에 잠긴 후— 문득 어떤 생각을 떠올렸다.

"······히비키 양. 납치당했을 때, 어디로 끌려갔는지 기억하나요?"

"아, 아뇨. 워프 존을 통과했더니, 아무것도 없는 방으로 끌려갔어요."

"그럼 **영역을 건너갔나요?**"

"아~. 그건······ 건너가진 않았던 것 같아요."

"즉, 세뇌된 후에 영역을 건너간 거군요. ······그렇다면······."

쿠루미와 히비키가 당시에 있었던 곳은 게부라다. 그 엉망진창 판타지 세계는 이전의 영역과 다른 세계 법칙이 적용되고 있었다.

자기 능력의 개찬.

불안정한 영력과 법칙이 있기에 가능한, 반칙이다. 이미 쿠루미도 인계에서 사용할 수 없었던 【열한 번째 탄환】^{유드 알레프}과 【열두 번째 탄환】^{유드 베트}을 게부라에서 개량했다.

즉, 퀸도 당연히 게부라의 특성을 숙지하고 있을 것이다.

그렇다…… 애초에, 여왕이 게부라를 기습한 이유는 그것이 아닐까? 예의 서모너가 소환한 예의 그녀는^{가짜 정령}, 단순한 미끼?

잠깐만, 잠깐만, 잠깐만.

만약, 자신이 여왕의 입장이라면 어떻게 할까? 그녀가 지닌 〈루키프구스〉— 아마, 능력의 숫자는 쿠루미와 마찬가지로 열두 가지일 것이다. 그리고 그 안에는 효율이 떨어지거나 쓸 필요가 없는 능력도 하나 정도는 있으리라.

그리고 능력을 개찬한다면, 어떤 능력을 바랄까?

—그것은 토키사키 쿠루미의 능력이다.

그것도 그럴 것이, 그녀는 시스투스를 통해 〈자프키엘〉에 관한 정보를 얻었다. 물론 그녀가 모르는 탄환도 있겠지만, 주축으로 사용하는 탄환의 능력은 대부분 이해하고 있을 것이다.

……그리고, 눈앞에 있는 히고로모 히비키.

그녀는 퀸으로 변화했다.

아아. 설마, 하지만, 그런, 그래도, 혹시, 혹시 그런 거라면…….

"쿠루미 씨……?"

"히비키 양. 어쩌면, 말이죠……."

쿠루미는 자기 생각을 밝혔다. 이럴 때, 히비키란 청자는 귀중하다. 만약 자신의 추측이 잘못됐다면, 히비키는 자신의 풍부한 지식에 근거해 지적해줄 것이다.

하지만 그녀는 심각한 표정으로 고개를 끄덕일 뿐, 반론을 하지 않았다.

"……이 분석을 어떻게 생각하죠?"

"정말 싫지만, 허점이 없네요. ……그런데 쿠루미 씨. 여왕이 쿠루미 씨의 능력을 모방한다면, 어떤 걸 모방할 것 같나요? 역시 【자인】일까요?"

"아뇨, 그렇지 않아요."

시간을 정지시키는 건 확실히 강력하다. 명중한다면, 일격에 상대를 해치울 수 있을 것이다.

하지만 쿠루미에게는 더욱 강력한 탄환이 있다.

그것은 분신인 쿠루미가 함부로 쓸 수 없는, 비장의 조커.

"으음, 그럼—."

히비키가 그 정답에 도달하지 못한 것도 무리는 아니다. 그녀에게는 그 탄환을 제대로 보여준 적이 없다. 그 탄환으로 생성된 토키사키 쿠루미는 두 명뿐이다. 비나에서 전사한 앳된 토키사키 쿠루미와, 시스투스 뿐이다.

그것은, 그 탄환은. **사실상 무한에 가까운 형태로 증식이 가능하게 해준다.** 물론 한계가 있지만, 전력으로 소모하는 게 가능할 정도다.

아아, 최악의 상상을 하고 말았다.

—엠프티를 간부로 변화시키는 【아크라브】를 지닌 것도.

—자신과 같은 입장이었던 토키사키 쿠루미를 고문해서, 탄환의 특성을 조사한 것도.

—게부라에서 히고로모 히비키를 납치해서, 퀸으로 변화시킨 것도.

《토키사키 쿠루미, 잠깐 시간 돼?》

카가리케 하라카의 텔레파시 통신에 쿠루미가 답했다.

《……무슨 일이죠?》

《모든 엠프티들이 움직임을 멈췄어. ……이거 공격해버려도 괜찮을까?》

쿠루미는 그 말을 듣고 허둥지둥 주위를 둘러보았다.

마치 시간이 정지된 것처럼, 엠프티들이 움직이지 않았다. 창조차도 공격을 주저하며 상황을 살피고 있었다.

"이긴…… 걸까요?"

"아뇨, 그렇지 않아요."

쿠루미는 히비키의 추측을 딱 잘라 부정했다. 그런 희망적 관측을 했다간, 이제부터 시작될 지옥을 견뎌낼 수 없다.

……곧, 그녀가 올 것이다. 그 전에 전원에게 알려야만 한다.

《여러분, 제 말 들리나요?》

쿠루미는 옆에 있는 히비키를 비롯해, 전장에 있는 전원에게 하라카의 영부를 통한 텔레파시를 보냈다. 들린다는 대답을 전원에게 들은 후, 쿠루미는 이야기를 시작했다.

《이미 알고 계시겠지만, 아까 전의 퀸은 히비키 양을 변화시켜 만든 가짜였어요. 즉, 진짜는 아직 이 자리에 나타나지 않았죠. 하지만 호크마의 영력을 컨트롤하는 시스템에 간섭한 것도 아닌 것 같아요. 물론 케테르에 향한 것도 아니죠.》

《어째서 그걸 단언할 수 있는 거야? 영력을 조작할 다른 수단을 찾은 걸지도 모르잖아.》

하라카는 퀸이 엠프티들을 총동원해 전쟁을 벌이는 척하면서, 다른 한편으로 영력을 조작하는 사태를 우려하고 있었다.

《가능성이 작아요. 이제까지도 찾아내지 못했던 그 수단을, 이 타이밍에 발견할 수 있을 리가 없으니까요.》

《……그렇다면 왜 나서서 싸우지 않은 거지? 퀸이 나섰다면, 우리가 졌을 거야.》

쿠루미는 창이 한 말을 부정했다.

《**아마**, 예요. 저와 도미니언들의 잠재능력^{포텐셜}, 허를 찔리는 형태로 경험한 일전의 패배. 그것들을 전부 고려해볼 때, 필승을 추구할 수밖에 없겠죠. 그리고 엠프티와 간부들을 동

원해서 싸우는 건 불확정 요소가 너무 많아요.》

　엠프티가 목숨을 버리며 공격을 펼쳐도, 쿠루미와 도미니언에게는 통하지 않는다. 간부는 강하지만 소멸당하면 【아크라브】로 부활시켜야만 한다.

　……물론 그녀들도 원래는 충분한 강적이다.

　하지만 토키사키 쿠루미에게는 이길 수 없으며(나이트도 거의 완패했다), 룩와 비숍은 이미 능력을 완벽하게 간파당했다.

《저희가 생각하는 것 이상으로, 여왕은 궁지에 몰려 있는 거죠.》

《잠깐만 있어봐. 그렇다면— 그녀는 도망친 게 아니야. 그리고, 우리가 예상한 형태의 싸움을 벌일 생각도 없어. 그렇다면, 여왕은 뭘 꾸미고 있는 건데?》

　유키시로 마야가 묻자, 쿠루미는 그 답을 입에 담을 각오를 굳혔다.

《여왕은— 아마도, **모방**을 할 생각일 거랍니다.》

《……모방?》

《그건, 저의 능력이에요. 그리고 시스투스가 과거에 빼앗긴 것이죠. 여왕은 그것을 집요하게 해석한 후, 게부라에서 **스킬의 일종으로 개찬했을 거예요.**》

　전원이 숨을 삼켰다.

《……저기, 여왕은 너의 어떤 능력을 모방한 거야~?》

아리아드네가 물었다.

《제가 〈자프키엘〉로 쓸 수 있는 최강의 탄환. 그리고, 제가 **저로 존재하기 위해** 사용을 기피해왔던 탄환. 제8의 탄환— 【헤트】랍니다.》

"쿠루미 씨, 그건……!"

《【헤트】는 과거를 재현해요……. 구체적으로 설명하자면, 제 과거의 한순간을 골라서, 분신^{카피}을 만들어내죠.》

《……저는, 그 힘을 통해 만들어졌답니다.》

시스투스가 그렇게 중얼거렸다.

《자, 잠깐만! 그럼 뭐야? 퀸이 무수히 늘어날 수도 있다는 거야?》

《—그래, 카가리케 하라카.》

하라카의 당황한 목소리로 한 말에 답한 건, 쿠루미가 아니었다.

"쿠루미 씨……."

"나타났군요. 정말, 최악이에요."

쿠루미는 한숨을 내쉬더니, 천천히 다가오는 엠프티를 응시했다.

어깻죽지부터 크게 찢겨 나간 그녀는 황홀한 표정을 지은 채로 비틀거리고 있었다.

그리고 찢어진 어깨에서, 새하얀 어둠이 기어 나왔다.

"퀸……."

"안녕, 토키사키 쿠루미. 여흥은 충분히 즐겼으려나?"

쿠루미는 그 강렬한 어조를 듣더니, 실망한 것처럼 한숨을 내쉬었다.

"어머어머어머. 또 그 말투인가요."

"『그녀』는 너와 만나고 싶지 않은 것 같더군. 그리고 또 대화를 나눌 수 있을 거란 희망은 버리는 편이 좋을 거다."

퀸─『제너럴』이 그렇게 말했다.

"【헤트】."

"……호오, 눈치챈 건가."

토키사키 쿠루미의 말을 들은 여왕이 옅은 미소를 흘렸다.

"네, 네. 눈치챘고 말고요. 당신다운, 참으로 교활한 전술이니까요."

쿠루미가 도발하자, 퀸은 어깨를 으쓱했다.

"얼마든지 떠들어라. 자, 제군.『유린대관(蹂躪戴冠)』의 시간이다!"

퀸이 손가락을 튕겼다.

어깨가 찢어진 엠프티를 발판으로 삼으며, 여왕이 차례차례 모습을 드러냈다.

"맙소사……."

히고로모 히비키가 아연실색하며 그렇게 중얼거렸다. 하나, 둘, 셋─.

쿠루미의 눈앞에는 다섯 명의 여왕이 있었다. 그 모습은 본체와 동일했다. 무기는 사브르와 흰색으로 도색된 고풍스러운 총— 〈루키프구스〉.

"다섯⋯⋯이군요."

"불만인가?"

"아뇨. 오히려 적지 않나요? 아니면, 그게 당신의 한계인가요?"

"그렇지도 않아. 한계는, 인원수가 한정되어 있던 탓에 존재했거든."

"인원수—."

그 말을 들은 순간, 쿠루미는 숨을 삼키며 눈치챘다. 아차⋯⋯! 즉시, **그녀들**을 처리해야만 한다!

"【여덟 번째 전갈의 탄환】—!"

하지만 퀸이 어느새 다가온 엠프티를 향해 그 탄환을 쏘는 게 더 빨랐다.

"시간이 걸리긴 했지만, 어찌어찌 성공했지. 너의 【헤트】와 나의 【아크라브】, 둘 다 일장일단이 있었어. 너는 소비하는 시간이 방대하고, 나는 만들어내는 개체가 지닌 힘에 한계가 있었거든."

그래서 합쳤다.

방금까지, 어디에나 존재하던, 그 누구도 아닌 소녀가 사라지더니, 새로운 여왕이 탄생했다.

이것으로 여섯. 본체를 포함하면 일곱. 이 인계에서 맹위를 떨친, 최악의 정령들이, 이 자리에 존재했다.

"—정말 비열하군요. 처음부터, 이럴 작정으로 엠프티를 모은 건가요."

쿠루미는 내뱉는 듯한 투로 그렇게 말했다.

"그래. 나는 원래 부하도, 광신도도 필요 없었지. 내가 원한 건, 내 재료가 될 존재뿐이다. 안 그래? 절대적인 강자가 한 명 존재하고, 그것을 얼마든지 모조할 수 있다면— 절대적인 강자로 구성된, 최강의 군대가 탄생하거든. 이제부터, 그걸 증명해주지."

그 말에 맞춰, 다섯 명의 여왕들이 엠프티를 향해 일제히 총을 들었다.

"【헤트 아크라브】."

다섯 발의 탄환은, 다섯 명의 엠프티를 퀸으로 변모시켰다.

"맙소사…… 이건…… 절대…… 무리……!"

히비키는 망연자실한 표정으로 비명을 질렀다. 멀리서 상황을 지켜보던 카가리케 하라카를 비롯한 도미니언들도, 패배와 절망의 기운에 사로잡혔다.

"무리는 아니랍니다."

그리고 단 한 사람, 단 한 명의 소녀만이. 그 절망과 마주하고, 노려보며, 맞서려 했다.

"어쩔 작정이지? 토키사키 쿠루미."

"어쩌긴요. 답은 간단하죠. 당신을 쓰러뜨리겠어요. 분신이 아니라, 본체인 당신을 말이에요. 그러면 그녀들은 전부 사라질 거예요. 안 그런가요?"

퀸은 단도직입적인 말을 듣더니, 차가운 미소를 흘렸다.

"그럴지도 모르지. 하지만 내가 순순히 당할 거라고 생각하나?"

"그렇다면 강제로 해치우도록 하죠."

"우와…… 단순명쾌……."

히비키는 쓴웃음을 지으면서도, 마음을 진정시켰다. 현재 퀸은 처음 등장한 한 명, 이어서 등장한 다섯 명, 본체가 만들어낸 한 명+다섯 명. 6+6으로 총 열두 명이다.

물론 그녀들은 계속 가속해서 늘어날 것이다.

하지만 그 생산에는 한도가 있을 게 틀림없다.

……그렇게 생각하지 않으면, 버틸 수 없다. 솔직히 말해, 절망적인 상황이다.

《히비키예요. 여러분— 전력을 다해 엠프티를 소멸시켜주세요! 안 그러면 눈더미 같은 건 비교도 안 될 속도로 여왕이 증식할 거예요!》

《시스투스. 마야 양과 함께 전선에 참가해주세요.》

《하지만, 그랬다간—.》

《제가 막겠어요. 절대 케테르로 보내지 않겠어요.》

쿠루미가 그렇게 말하자, 두 사람은 잠시 침묵한 후에 지시에 따랐다.

"자……."

쿠루미는 히비키를 쳐다보며, 그녀의 어깨에 손을 얹었다.

"히비키 양, 이번만큼은 도와드릴 수 없을 것 같아요. 다행히, 당신은 힘을 얻었어요. 부디, 죽지 않도록 조심하며 싸워주세요."

"……최선을 다해볼게요……!"

히비키의 대답은 명쾌했다. 두려움은 어려 있지만, 절망에 사로잡히지는 않았다.

《그럼 마지막으로 한마디 하죠. 여러분, 저는—.》

잠시 망설인 후, 쿠루미는 불쑥 말했다.

《멋진 동료를 얻었다고 생각해요. **다 같이 살아남도록 해요.**》

다들 숨을 삼켰다. 그리고 부끄러움을 감추려는 듯이, 쿠루미는 아무 말 없이 몸을 날렸다.

"아……."

이건, 아니다.

이건, 반칙이다.

이렇게 되면, 어쩔 수 없다. 죽을힘을 다해 살아남을 수밖에 없다!

전원의 마음이 하나가 된 순간, 퀸들과 엠프티 무리가 눈사태처럼 밀려왔다.

◇

쿠루미의 말은, 창의 뇌를 저리게 만들 정도의 충격을 자아냈다.

"오오……."

지칠 대로 지친 육체에, 활력이 돌아왔다. 목을 우둑우둑 소리가 나게 푼 후, 멀리서 밀어닥치는 퀸들을 쳐다보았다.

"……좋아, 싸우자."

저 토키사키 쿠루미가, 저 광기의 예술 같은 괴물이, 멋진 동료를 뒀다고 말했다. 그리고 다 같이 살아남자고 말한 것이다.

그렇다면, 반드시 살아남겠다. 그럼 살아남기 위해 무엇이 방해되냐면…….

"……응. 너희야."

심호흡에서 이어진 포효는 원숭이가 아니라 사자의 울부짖음에 가까웠다. 용맹하고, 흉악하며, 잔인한 육식동물의 외침이다.

지금 자신은 혼자서 싸우고 있다. 하지만 고독하지는 않다. 방금 토키사키 쿠루미가 말했던 것처럼. 등 뒤를 맡길 동료가 있는 것이다.

"호오. 꽤 기운이 넘치나 보군."

"당연하지. 방금 그 말을 듣고 기운이 안 나는 준정령^{인간}이 있다면, 보고 싶은걸."

"패배자의 헛소리처럼 들리는데 말이지."

퀸의 말은 옳다.

창의 온몸은 붉게 물들었으며, 찢어진 이마에서 흘러내린 피 탓에 한쪽 눈을 감고 있다. 손가락은 세 개 정도 부러졌다. 무기를 쥐고 있기만 해도 극심한 통증이 느껴질 것이다.

그것만이 아니다. 총에 맞고, 폭풍에 휘말렸던 그녀의 몸은 외부(거죽)만이 아니라 내부(내장)도 엉망이었다. 하지만 고통을 참는 것처럼 보이지 않았다.

"통각을 차단한 건가?"

"아냐. 나는 그냥, 남들보다— 참을성이 강할 뿐이야."

주위를 둘러보는 창의 눈에, 열 명이 넘는 여왕들의 모습이 눈에 들어왔다. 총을, 사브르를 쥔 그녀들은 창을 포위하고 있었다. 그녀들이 일제히 입을 열었다.

"하지만, 네 영장은 이미 엉망이거든?", "무명천사에도 금이 갔지.", "상처도 깊어.", "너는 이기는 건 고사하고, 살아남기도 어렵겠지.", "일어나서 싸워봤자, 아무것도 얻을 수 없어."

퀸이 그렇게 말하자, 창은 이해가 안 된다는 듯이 고개를 갸웃거리며 물었다.

"물어볼 게 있어. 그런 게, 싸우지 않을 이유가 되는 거야?"

창은 정말 이해가 되지 않았다.

엉망진창이 되는 건 자주 있는 일이다. 싸웠지만 아무것도 얻지 못하는 경우도 흔하다.

애초에 싸움은 즐겁지만, 괴로운 일이다. 즐겁지만, 슬픈 일이다. 즐겁지만, 절망할 때도 있다.

무위(無爲), 무익(無益), 무정(無情).

하지만 창에게 그것은 당연한 일이다. 싸움이란, 원래 그런 것이다.

"싸움에는 승리와 영광밖에 없다고 생각하는 거라면, 여왕은 참 행복하겠지. 패배와 굴욕도 존재하니 말이야. ······ 아, 그래. 그런 것도 모르니까—."

나는, 너와 싸우고 싶지 않았던 것이다.

"······패배자의 헛소리처럼 들리는걸."

"어떻게 해석하든, 그건 네 자유야. 자, **싸우기 싫지만 싸워주겠어.**"

할버드— 무명천사 〈라일럽스〉를 고쳐쥐었다.

최전선에서 선 그녀의 시선은, 이제 토키사키 쿠루미를 쫓고 있지 않았다. 충분하다. 아까 그 말만으로도, 충분히 이해됐다.

"응. 동료를 위해 싸우는 건— 기분 좋아."

그런 창의 모습에서는 아름다움마저 느껴졌다. 그녀는 즐거운 듯이 웃더니, 몇 번째인지 모를 우직한 돌격을 개시했다.

꺄르뜨 아 쥬에는 뒤죽박죽이다.

남장 여인 같은 복장을 좋아하지만, 귀여움에 특화된 옷을 입고 싶을 때도 있다.

트럼프를 부하처럼 부리지만, 선배로 존경할 때도 있다.

사랑 같은 건 필요 없다고 생각하지만, 사랑을 해보고 싶단 생각을 할 때도 있다. 과거에 비나에서 지내던 시절, 컴 파일에 관한 소문— 검은 기둥에 닿으면 보인다는, 태양처럼 환한 소년의 소문을 들었을 때는 그런 생각이 더욱 강렬하게 들었다.

물론 꺄르뜨는 죽는 것을 두려워한다. 하지만 죽음보다 무서운 것이 있다.

그것은, 이 전장에서 죽는 것이다.

만약 자신이 죽는다면, 그것은 치명적인 틈으로 작용할 것이다. 트럼프들이 사라지면서, 주위의 방어선이 일제히 무너질 것이다.

그렇게 되면, 모두 다 죽는다. 아리아드네도, 하라카도, 창도, 시스투스도, 유키시로 마야도, 아마 토키사키 쿠루미도 죽을 것이다.

그것은 세계의 손실일 거라고 꺄르뜨는 생각했다.

아아, 하지만. 너무나도 무서웠다. 마음을 굳게 먹지 않는다면, 카드를 조종하는 손조차 뜻대로 움직일 수가 없었다.

"그런 상황인데, 어떻게 하면 좋을까…… 다들……."

꺄르뜨는 힘없는 목소리로 물었다. 자신의 부하인 네 장의 트럼프에게 말이다.

『그야 물론 의지를 굳게 먹는 수밖에 없소이다!』

스페이드는 지당한 의견을 입에 담았다. 온몸이 갈가리 찢겨 나가려 하고 있는데도 말이다.

『전에도 말했다시피, 살아있는 것만으로도 다행이라고 여기도록! 애초에 이 상황에서는 죽지 않는 게 중요하기에, 우리가 이렇게 분전하는 것이다.』

클로버는 격려했다. 몸의 절반가량이 찢어졌는데도 말이다.

『슬슬 이쪽도 한계니까, 신인을 팍팍 투입했으면 좋겠슴다!』

다이아는 자신이 곧 소멸한다는 것을 밝혔다. 니트로드레스의 폭풍에 휘말린 탓에, 공격조차 제대로 할 수 없는 상태인데도 말이다.

『제발 슬퍼하지 말아줬으면 좋겠네요~! 저희를 대신할 존재가 있으니까요~!』

하트는 웃으며 말했다. 곧 사라지려 하고 있는데도 말이다.

트럼프들은 자신보다 훨씬 힘든 상황에서 저항하고 있었다. 그런데도 그녀들은 자신만만하게 웃으며, 꺄르뜨를 격려했다.

"─응, 슬퍼하지 않아. 너희의 후계자를, 정할게."

죽지 못할 이유가, 여기에 있다.

이 트럼프들은 자신을 위해 목숨을 던졌다. 자신이 죽는다면, 잊혀질 만큼 보잘것없고, 건방지며, 매우 귀여운 그녀들은······.

그 말을, 결의로 받아들였다.

『그럼』,『뒷일을』,『부탁』,『파이팅!!』

트럼프들은 퀸의 맹공을 맞고 소멸했다. 하지만—

"아직 멀었어. 〈창성희화(創成戲畵)〉!"
세르반트 에페메르

새로운 트럼프들이 탄생했다. 꺄르뜨는 오랫동안 자신과 함께해준 트럼프들을 떠올리며, 울먹거렸지만— 그래도, 계속해서 살아남았다.

다 같이 살아남자— 쿠루미의 말에 감명을 받았지만, 아리아드네 폭스롯은 그 가능성이 작을 거라고 여겼다.

감명은, 받았지만 말이다.

"쿠루미 양은, 생각보다······ 좋은 사람, 같네~······."

아니, 좋은 사람인지 나쁜 사람인지 고르라면 아마 나쁜 사람에 속할 것이다. 그녀의 본질은 잔혹하다.

하지만 악인이라고 해서 매정하지는 않고······.

선인이라고 해서 정이 두텁다고 단정할 수는 없다.

그러나 감명을 받고 말았다. 그리고 이제 뒷일은 생각할 필요가 없을 것 같았다.

이제부터는 필사적인 전력 질주만이 벌어질 것이다. 엠프티가 여왕이 되기 전에 한 명이라도 더 해치우고, 여왕의 수

급을 하나라도 가지고 돌아가는 것이다.

"무명천사 〈태음태양24절기〉— 비도(秘刀), 사성구가(四聖謳歌)."

수은으로 된 실이 짜여지더니, 네 개의 무기로 변모했다. 칼, 창, 도끼, 방패— 그 무기들은 실로 이어진 채, 아리아드네의 주위를 빙글빙글 돌기 시작했다.

"버거워……."

아리아드네는 한 개의 무기라면 여유롭게 조작할 수 있다. 하지만 두 개, 세 개로 늘어날수록 복잡한 조작이 요구된다. 단순히 두세 배의 노력을 해야 하는 것이 아니다. 칼을 오른쪽으로 이동시키고, 창을 다른 장소로 이동시킬 경우…… 필요한 사고능력은 두 배 이상이며, 무기가 늘어날수록 기하급수적으로 상승한다.

비장의 카드, 라기보다는 금단의 기술에 가깝다. 애초에 이것은 단기 결전을 전제로 만든 비기 중의 비기다.

하지만 현재 아리아드네에게는 이것이 필요했다.

"—영, 차~!"

칼, 창, 도끼가 엠프티들에게 쇄도해서 해치웠고, 퀸의 사격은 방패로 막아냈다.

"힘, 들어……!"

뇌가 타버리는 게 먼저일까, 아니면 힘이 다하는 게 먼저일까. 어느 쪽이든 간에, 그때까지는 죽을힘을 다해 싸워야만 한다.

……아아, 하지만.

"왜 그러지? 아리아드네 폭스롯."

"윽!"

뒤를 돌아본 순간— 총에 맞았다. 어깨를 스쳤을 뿐이지만, 그 위력에 튕겨 날아갔다.

"크, 윽……!"

뭔가가 몸속으로 스며들어오는 듯한 통증이 느껴졌다. 흘러내리는 피, 흐릿해지는 의식. 하지만 싸워야만 한다. 하지만 바닥에 쓰러져 있으니 예상보다 더 기분 좋았다. 이대로 있다간 죽을 수밖에 없다는 건 알지만, 1초라도 오래 드러누워 있고 싶었다.

바로 그때, 목소리가 들려왔다.

"내기를 하자. 너일까, 카가리케 하라카일까. 아니면 유키시로 마야일까."

"……뭐?"

퀸들이 사악한 미소를 머금으며 말했다.

"가장 먼저 죽는 게 누구인지, 나는 맞출 수 있으려나?"

"……멋대로, 지껄이지 마……!"

분노가 고통을 완화해줬다. 아리아드네는 몸을 일으키더니, 다시 무명천사를 전개했다. 하지만 아리아드네는 마음속으로 계산했다. 분노에 의존한 공격은 오랫동안 지속되지 않을 것이다.

분노는 곧 잦아들 것이며, 바닥난 체력을 정신력으로 메우는 데도 한도가 있다.

심호흡.

할 수 있는 일을, 최선을 다해서 해보자. ―그게 전부다, 하고 결심했다.

"아직, 멀었어~……!"

퀸들은 빙긋 웃더니, 요격을 위해 총을 들었다.

유키시로 마야가 카가리케 하라카와 합류했다.

"―괜찮아?"

"그다지 괜찮지는 않아."

하라카는 쓴웃음을 짓더니, 영부를 손가락 사이에 끼웠다. 무한하다고 할 만큼 많은 영부를 모아뒀지만, 슬슬 절약해야만 할 상황에 처했다.

마야도 이곳에 도달하는 과정에서, 퀸들도 몇 번이나 싸웠다. 절반 이상의 책이 소실됐으며, 그녀 또한 가벼운 상처를 입었다.

"뭐, 와줘서 고마워. 연명 치료 같은 거지만 말이야."

"……그럴지도 몰라. 너한테는 참 미안한 짓을 했다고 생각해."

책임을 통감한 것인지, 마야는 고개를 푹 숙였다.

"내가 정한 길이야. 게다가 인계가 멸망할 위기니까 저항할 수밖에 없잖아. 그건 그렇고…… 많아졌는걸."

아이러니하게도, 이제까지 조무래기에 지나지 않았던 엠프티들이 현재는 가장 큰 위협이 되고 있었다.

퀸— 그 분신들은 하라카나 마야를 상대로 본격적으로 싸우는 것이 아니라, 어디까지나 엠프티들을 여왕으로 변모시키는 데 주력하고 있었다. 그에 따라, 하라카와 마야는 퀸의 탄환으로부터 엠프티를 지켜야만 하는 상황에 부닥쳤다.

그러는데도, 증식은 막을 수 없었다.

죽음에 대한 실감이, 두 사람의 마음을 서서히 잠식했다.

"운 좋게도, 증식하는 페이스는 느려. 아직, 절망에 빠지긴 일러."

"그건 그렇지만…… 이미, 백 명이 넘잖아."

퀸이 엠프티를 쏠 때마다, 빈 껍데기였던 그녀들이 우화했다.

"가만히 있었다면 천 명이 넘었을 거야. 토키사키 쿠루미가 분투하는 덕분이야."

"—그럴지도 몰라."

하라카와 마야는 대화를 나누면서 계속 싸웠다. 하라카의 영부가, 마야의 책이, 불꽃과 얼음, 그리고 거대한 바위를 흩뿌리며 엠프티를 해치웠다.

하지만 바로 그때, 여왕들이 개입했다.

"큭……!"

"왜 저항하는 거지? 왜 조롱하는 거지? 어차피, 이미 끝난 목숨인데 말이야."

퀸이 사브르로 하라카를 벴다. 그녀를 감싸려 하는 마야도, 이어서 벴다.

영부와 서적을 이용해 반사적으로 방어했지만, 깊은 상처를 입었다. 바닥을 구르며 거리를 벌리려 했지만, 뒤편에도 여왕들이 대기하고 있었다.

"상처, 를……."

우선 치료를 해야만 한다고 생각한 하라카가 영부를 손에 쥐었다. 시야가 고장 나기 직전의 전구처럼 껌뻑거리고 있었다.

퀸이 그녀들을 놔줄 리가 없다. 총구가 일제히 자신들을 향하자— 하라카와 마야는 다 틀렸다고 생각하며 각오를 다졌다.

바로 그때, 열여덟 발의 총격이 연이어 들려왔다. 퀸은 쓰러지거나, 혹은 움츠러들었다.

"토키사키 쿠루미……!"

원한에 찬 목소리. 한참 떨어진 곳에 있는 쿠루미는 대담하게도 미소를 머금었다.

"당신들이 제 눈길이 닿는 범위에 있는 게 잘못 아닐까요?"

그렇게 말하면서도, 시간을 새기는 황금색 왼쪽 눈은 결코 『본체』에서 떨어지지 않았다.

"너는 빈틈이 없는걸. 내가 너를 두고 케테르로 향할 거라고 생각하는 거야?"

퀸이 그렇게 말하자, 쿠루미는 키히히히히, 하고 조소를 흘렸다.

"물론 그렇게 생각한답니다. 당신이 그러고도 남을 분이라고, 믿어 의심치 않으니까요."

"내가 가짜일 거라고는 생각하지 않는 건가? 아까부터 싸우고 있는 내가 가짜이며, 시간을 벌려 한다고 말이야."

"어머나, 그럴지도 모르겠군요. 그럼 사실 여부를 확인하기 위해 죽어 주시지 않겠어요?"

쿠루미는 퀸의 도발에 도발로 응했다. 쿠루미는 100퍼센트 그녀가 본체일 거라 인식하고 있었다. 여왕의 모습 자체에는 차이가 없더라도, 행동거지 또한 똑같을지라도, 본체와 분신 사이에는 절대적인 차이점이 있다.

여왕은 쓴웃음을 흘리며 어깨를 으쓱했다.

"미안하군. 괜한 헛소리를 했어. 역시 나는 『영애^{레이디}』와 다르게 계략이 적성에 맞지 않는 것 같아."

"『영애^{레이디}』?"

쿠루미가 미심쩍어하자, 그녀는 이렇게 말했다.

"『우리』는 여러 개의 인격을 지녔지. 나는 전투에 특화된 『제너럴』, 준정령을 유혹해 타락시키는 『레이디』, 처형이 전문인 『사형집행인^{이그제큐터}』, 잠입 공작을 담당하는 『공작원^{에이전트}』, 엠프티들을 지휘하는 『정치가^{폴리티션}』, 그리고― 『상제(上帝)^{오버 로드}』. 마지막이 누구인지는 말 안 해도 알겠지?"

"오호라, 역할 분담인가요. 애초에 당신은 이 인계에 있는 **아군을 비롯한 모든 것**을 신뢰하지 않았던 거군요."

"정답이야. 나는 우리 이외의 누구도 신용도, 신뢰하지도 않지. 유대를 맺지도, 정을 주지도 않아. 우리에게 필요한 건—."

그렇게 말한 퀸은 뭔가를 눈치챈 것처럼 말을 멈췄다.

"……우리뿐이다."

"그런가요. ……그럼 마지막으로 하나만 물어봐도 될까요?"

마지막, 이란 말에 여왕은 웃음을 흘렸다.

"좋지."

"**그 애**는 지금, 깨어 있나요? 아니면 잠들어 있나요?"

"우리의 주인격인 만큼, 깨어 있는지 잠들어 있는지— 우리는 알 수 없어."

퀸은 쓴웃음을 흘렸다.

"어머, 유감이군요. 그럼 전해 주세요. 당신이 무슨 생각으로, 무슨 짓을 꾸미며, 무슨 목적을 가지고 있는지 모르겠지만—."

재회의 놀라움은 느꼈지만, 기쁨은 느끼지 못했다. 슬픔은 느꼈지만, 반가움은 느끼지 못했다.

야마우치 사와라는 이름을 들을 때마다, 괴롭고 고통스러운 그 순간을 떠올리고 만다.

……그렇지만.

"재회해서, 정말 기뻤어요. 적대한다면, 틀림없이 죽여주겠지만 말이에요."

"—그래? 전해두지."

침묵. 여왕은 빙긋 웃으면서 입을 열었다.

"자, 나와 너의 결투를 시작해볼까. 누구도 방해하지 못하게 하지. 이번에야말로—"

"네, 결판을 내도록 하죠. 우선 당신과 저의 결판을 말이에요."

분신인 여왕들이 지켜보는 가운데, 섬광과 암흑이 격돌했다.

◇

그리고 히고로모 히비키는 홀로 생각했다.

강해져서 여유가 생겼고, 여유가 생겼기에 싸우면서 동시에 생각에 잠길 수 있게 됐다.

그래서 미세한 위화감을 놓치지 않으며, 그녀는 생각을 거듭했다.

이상한 점이 하나 있다.

냉정하게, 하염없이 냉정하게 **그것**에 관해 생각해봤다. 그것은 아마도, 쿠루미를 제외하면 누구보다도 많이 퀸과 얽혔던 히고로모 히비키기에 눈치챌 수 있는 것이리라.

늘어나는 속도가 느리다.

엠프티가 여왕의 특수한 탄환에 맞아서 변모할 때까지 걸리는 시간은 약 1분이다. 달리는 좀비 급의 감염 속도—이지만……

(으음, 역시 느려.)

여왕이 날린 탄환을 회피하고, 사브르로 막아내면서, 때때로 반격을 펼치는 히비키가 여왕의 숫자를 세봤다.

역시 느리다.

가지고 노는 건 아니다. 아무리 여왕이라도 그럴 여유가 없다.

그렇다면 무슨 일이 일어나고 있는 것일까.

여왕이 히비키를 향해 탄환을 쐈다— 회피했다. 빗나간 그 탄환은 우연히도 엠프티에게 명중했다. 엠프티는 유감스럽다는 듯이 눈을 감으며, 녹아서 사라졌다.

방금 현상에서 이상한 점은 없다.

그럼, 또 하나의 패턴. 히비키가 아니라 엠프티를 향해 탄환을 날리는 퀸. 엠프티가 황홀한 표정으로 탄환을 맞자, 모습이 변화하면서 새로운 퀸이 탄생했다.

히비키는 그것을 확인하더니, 총을 맞은 여왕이 아니라 쏜 여왕을 향해 사브르를 휘둘렀다.

"……앗!"

여왕은 크게 뒤편으로 도약— 거리를 벌렸다. 히비키는 놓치지 않겠다는 듯이 쫓아갔다. 바로 그때, 다른 여왕들이 쇄도하며 총을 쐈다.

"우와찻!"

탄환을 사브르로 튕겨냈다―. 자신이 어째서 이런 게 가능한 건지 모르겠다. 마치 히고로모 히비키의 육체지만, 그렇지 않은 것만 같았다. 평소 타던 자전거에 제트 엔진이 달린 듯한 기분이다.

방금 행동에서 미심쩍은 부분이 있었나?

(있었어.)

히비키는 엠프티들을 해치우면서 생각했다.

총을 쏜 여왕을, 다른 여왕들이 지켜줬다.

그 사실이 의미하는 건 하나다. 히비키는 퀸에게 알려질 것을 감수하며, 아군 전원에게 이 추리를 전했다.

《여러분, 알아냈어요! 퀸을 늘리는 능력을 지닌 건, **처음 만들어진 다섯 명 뿐이에요!** 다른 여왕은 그 능력을 지니지 못했어요! 처음 다섯을 해치우면, 증식을 막을 수 있어요!》

―쿠루미를 비롯해, 모든 아군이 숨을 삼켰다.

어둠 속에 스며든 한 줄기 광명 같은 말이었다. 첫 다섯 명만 해치운다면―.

《그건 매우 좋은 생각인걸. 하지만 말이야, 히고로모 히비키. 그 생각에는 결점이 하나 있어. 어떻게 그 다섯 명을 분간할 거지?》

퀸의 말을 들은 히비키가 얼어붙었다.

《……어, 으음. 그건…….》

《불가능하지? 대책은 이 정도로 충분해.》

퀸들은 사브르가 아니라 일제히 총을 들고, 엠프티들을 쐈다.

"아니—?!"

히키비는 경악했다. 엠프티들은 차례차례 쓰러졌지만, 그 중 한 명이 여왕으로 변화했다.

《……적과 아군을 가리지 않겠다는 거군요. 엠프티가 줄어들어도 된다는 건가요?》

《열을 잃는 것보다, 하나를 만들어내는 것을 우선하려는 거야. 뭐, 어차피 숫자로 너희를 압도하고 있지. 슬슬 균형이 무너질걸?》

확실히 퀸의 말대로, 백 명가량이었던 퀸의 숫자가 이미 이백 명을 넘어섰다. 본체인 퀸과 달리, 대부분은 〈루키프구스〉의 힘을 발휘하지 못하는 모조품에 지나지 않지만, 그래도 그 신체능력은 엠프티를 가볍게 능가하며 도미니언들과 버금갈 정도였다.

그렇다면, 남은 건 시간문제다.

퀸은 시간을 끌기만 해도, 이 전쟁에서 승리한다.

"아, 안 돼—!!"

이 상황에서 아리아드네가 결국 실수를 범했다. 정밀한 컨트롤을 자랑하는 수은 실이, 하라카의 어깨를 스친 것이다.

"……윽!"

"미…… 미안해……!"

뿜어져 나온 피가 바닥을 붉게 물들였다. 중상은 아니지만, 그 충격은 어마어마했다. 자신이 실수를 범해서가 아니라, 동료를 상처입혔다는 회한 탓이다.

"개의치 마! 상대의 숫자를 생각하면 어쩔 수 없어!"

하지만 하라카는 개의치 않았다.

아리아드네를 돌아보지도 않으며— 아니, 그럴 여유가 없었다. 고통을 참으며, 하염없이 영부를 던져서 엠프티들을 쓰러뜨렸다.

하지만 정신력으로 싸워나갈 수 있는 시간은 그리 길지 않았다.

고통, 피로, 절망. 그것들이 정신력을 갉아먹고 있었다.

그리고 발이 움직이지 않게 된 순간, 모든 것은 끝난다.

"아—."

아리아드네가, 쓰러졌다. 손가락 하나 움직일 수 없었다. 실로 만들어낸 검과 방패가 사라졌다.

(틀렸, 어—.)

여기까지, 다.

여기까지가 한계다. 자신이 쓰러졌으니, 하라카와 마야가 포기할지도 모른다. 그게 미안했다.

—후회하는 걸까?

그런 감정을 느낀다면, 그것은 더 강해지지 못했기 때문이리라. 이 싸움을 선택한 것 자체는 후회하지 않는다. 눈이 서서히 감겼다. 졸음 때문이라기엔, 두 눈에 가해지는 중압이 너무나도 어마어마했다.

이것은 실추 그 자체다.

끝없는 추락 끝에 지면과 격돌해 으스러지면, 그 후에는 아무것도 남지 않는다.

아리아드네가 쓰러졌다는 것을 눈치챈 하라카와 마나가, 반사적으로 그녀를 향해 뛰어가려 했다.

하지만 여왕이 그 틈을 놓칠 리가 없었다. 손에 쥔 사브르를 그녀들을 향해 휘두르려 한 순간—

머나먼 곳에서 갑자기 날아온 수리검이 여왕을 덮쳤다.

"윽!"

"칠보행자·항염마존 『방(防)』!"

고오, 하는 소리와 함께 아리아드네와 마야, 그리고 하라카가 불꽃의 벽에 휩싸였다. 한순간 새로운 여왕의 능력인 줄 알았지만, 그 벽은 여왕들로부터 세 사람을 감싸고 있었다.

"이거, 마야가 쓴 거야……?"

하라카가 묻자, 마야는 고개를 저었다.

"그럼 다른 누가 쓴 건가?"

꺄르프 혹은 시스투스일까. 창은 아닐 것이다. 혹시 히고로모 히비키일까?

"아냐. 아무래도…… 기적, 이 아니라, 그러니까, 내, 소망이, 이뤄진 것, 같아."

마야는 떠듬떠듬 말을 이었다.

퀸들은 일단 세 사람이 전투 불능 상태라 여기며 흩어졌다. 바로 그때, **총탄과 물이** 비처럼 쏟아져 내렸다.

"이건…… 지원군인가."

여왕들은 약간 놀란 듯한 반응을 보였지만, 곧 마음을 진정시켰다. 잡졸이나 다름없는 준정령이 아무리 몰려온들 문제가 될 건 없다. 이미 퀸의 숫자는 200이 넘는 것이다.

하지만 엠프티들이 쓰러지면 일이 성가셔질 것이다. 다행히, 토키사키 쿠루미 이외에는 얼추 정리된 상황이다.

그러니 지원군을 빨리 처리—

"와앗!!"

그것은 소리가 아니라 충격파, 였다. 단 한 소녀의, 단 한 사람의 목에서 나온 소리가, 결전장 구석구석까지 퍼져나갔다.

"이, 이…… 귀에 거슬리는 큐트 보이스는……!"

히비키가 가장 먼저 눈치챘다. 전장에 선 그 모습은 요염하고 화사할 뿐만 아니라, 너무나도 화려했다.

손에 쥔 마이크는 무명천사 〈천부악창(天賦樂唱)〉, 전투력은 전무. 하지만 지금, 이 순간 이 자리에서만큼은 틀림없이 최강이라 해도 과언이 아니다.

왜냐하면, 그녀의 목소리는— 이 전장 전체에 전해지니까.

"안, 녕, 하, 세, 요오오오오오오오오오오! 예이~! 예소드의 도미니언, 키라리 리네무! 이제야 도착했어~! 아리아, 괜찮아—?!"

키라리 리네무— 유시키로 마야의 편지를 받자마자 최단 거리로 여기까지 뛰어온, 가수다.

"흥."

퀸은 그녀를 조준하더니, 총의 방아쇠를 당겼다.

"어라?"

탄환이 날아왔다. 리네무는 그것을 멍하니 쳐다보았다. 양복 차림의 소녀들이 허둥지둥 리네무를 지켰다.

"선배…… 너무…… 빠르잖아요…… 허억…… 허억……."

그리고, 그녀의 뒤를 이어, 반오인 미즈하가 비틀거리며 도착했다. 전력 질주를 한 건지, 어깨를 들썩이며 숨을 헐떡이고 있었다.

"저기…… 리네무 선배…… 저, 저희들, 진짜로 여기에 오기 잘한 걸까요? 퀸이…… 잔뜩…… 산더미처럼…… 있는데요……."

"그야 도와달라는 요청을 받았는걸! 죽고 말고는 사소한 문제야!"

"엄청 중대한 문제예요!"

"괜찮아! 우리는 죽지 않아. 왜냐하면, 내가 그렇게 믿고 있거든!"

그 말은 전장 전체에 울려 퍼지더니, 키라리 리네무를 아는 이에게도, 모르는 이에게도, 똑똑히 전해졌다. 어떤 이는 어이없어했고, 어떤 이들은 웃었다.

"솔직하게 말씀드리죠. 단적으로 말해서, 당신은 바보예요."

원래 미즈하를 지키는 보디가드인 준정령이 그렇게 말했다. 하지만 리네무는 자신만만하게 풍만한 가슴을 폈다.

"자, 그것보다 노래하자. 남들이 우리에게 바라는 건, 그것뿐일 테니 말이야!"

리네무는 마이크를 쥐었다.

"네. 뭐, 제가 할 수 있는 건 그게 전부이니까요. ……여러분, 폐를 끼치게 됐습니다만……."

미즈하가 송구하다는 듯이 보디가드를 향해 그렇게 말하자, 그녀들은 고개를 저으며 그 말을 부정했다.

"아뇨. 미즈하 님을 위해서라면, 저희는 얼마든지 목숨을 걸 수 있습니다. 왜냐하면, 저희는— 당신의 팬이니까요."

"으음…… 리네무 선배도 지켜주실 거죠?"

미즈하가 그렇게 말하자, 보디가드들은 삐친 것처럼 고개를 돌렸다. 미즈하가 리네무를 사랑한다는 것은 두 사람 이외의 모두가 다 아는 사실이다.

"……저기, 너희들? 나도 지켜줄 거지? 안 그러면 엄청 무서울 것 같거든?!"

"뭐, 어쩔 수 없으니 일단 지켜드리긴 하죠."

그럼 됐어, 하고 납득한 리네무는 한참 떨어진 곳에 있는 마야를 불렀다.

"마야마야―! 아직 살아 있지―?! 아리아와 하라카도 살아있을 거라고 믿으며, 이제부터 노래할게~!"

"노, 노래할게요~!"

그렇게 말하더니, 아무런 맥락도 없이…….

두 스타의 노래가, 시작됐다.

꿈과 현실의 틈바구니를 떠도는 나와 당신
가라앉을 거야? 하늘을 날 거야?
하늘로 날아오르면 상처 입고
바다에 가라앉으면 편해질 수 있어

"……마야……."

"아리아드네, 정신이 들었어?"

"응."

아리아드네가 몸을 일으켰다. 전장에 노래가 울려 퍼진다는 기묘한 상황은, 마치 부조리한 꿈을 꾸는 것 같은 느낌이었다.

"어떻게 된 거야?"

"피로 탓에 의식을 잃었을 뿐이야. 자게 해주고 싶었지만,

그럴 상황이 아니네."

"괜찮으니까 걱정하지 마. ……그건 그렇고, 리네리네가 와 버렸구나."

"저 애는 기본적으로 바보거든."

마야는 그렇게 말했지만, 그녀는 볼을 붉혔다. 와줬다는 사실이 기쁜 것이다. 화내도 이상하지 않은데, 전혀 화내지 않았다는 것도…….

"리네무만이 아닌 것 같아. 저기 봐."

하라카가 손가락으로 가리킨 곳에는 쥬가사키 레츠미와 부하들이 있었다. 무명천사인 총과 물총으로 여왕을 향해 공격을 퍼붓고 있었다.

"자, 계속 쏴! 저 녀석들은 카레하의 원수야! 방아쇠를 당기고, 당기고, 또 당겨! 호드의 새내기 도미니언, 쥬가사키를 잘 부탁드립니다~! 끼얏호, 전장이다—!"

아리아드네는 심호흡을 하더니, 만족한 것처럼 고개를 끄덕였다.

지리멸렬하던 머릿속, 지칠 대로 지친 육체, 그 모든 것이 리셋되는 느낌이 들었다.

몸이 가벼워졌고, 머리 회전도 빨라졌다. 조금은 더 싸울 수 있겠다는 판단을 내렸다.

"미스해서 미안해~."

"괜찮아."

아리아드네가 사과하자, 하라카는 힘차게 그녀의 등을 때렸다.

"아프잖아~."

아리아드네는 인상을 찡그렸다. 그녀들의 주위를 둘러싼 불꽃은 여전히 활활 타오르고 있었으며, 여왕들도 어쩌면 좋을지 모르겠는지 견제 사격만 하고 있었다.

하지만 불꽃은 서서히 약해지고 있었다.

"내가 보기에 30초 후면 잦아들 거야. 그 틈에 전투 준비를 해."

"라져~.", "알았어."

불꽃이 사라졌다. 그와 동시에, 여왕들이 무수한 탄환을 날렸다. 하지만 주어진 시간을 헛되이 낭비할 만큼, 그녀들은 무르지 않았다.

"개봉— 제1의 서 〈빛이여 생겨라, 하고 그녀는 말했다〉."

마야가 만들어낸 빛의 검이, 아리아드네가 짠 방패가, 하라카의 영부가, 탄환을 튕겨냈다.

하지만 그러는 사이에도 엠프티들은 퀸들에게 몰려들었고, 살해당했다— 혹은 변화했다.

"여러분, 무사하신가요?!"

무수한 수리검이 여왕과 도미니언들 사이에 박혔다.

"사가쿠레 유이…… 역시 너였구나."

"네. ……저희도 이 싸움을 간과할 수는 없으니까요. 네차

흐는 일시적으로 휴업을 했고, 저희는 이 싸움에 참가하겠어요."

"그래도 용케도 늦지 않게 도착했네~?"

"—솔직하게 말씀드리자면, 편지를 읽기 전부터 호크마로 향하고 있었어요."

"어떻게 된 거야?"

"여기가 결전장이 될 거라는 걸…… 제 언니는 일찌감치 눈치챘던 거예요."

"……유리가 말이야?"

사가쿠레 유리, 네차흐의 전 도미니언이자 퀸의 편에 선 끝에 토키사키 쿠루미에게 당한 소녀.

"『무슨 일이 벌어진다면 아마 그 장소는 호크마일 테니까, 미리 준비를 해두는 편이 좋을 거야』…… 그런 유언을 남겼어요……."

"그걸 신뢰한 거야~?"

아리아드네가 그렇게 묻자, 유이는 쓸쓸함이 묻어나는 미소를 머금었다.

"『이건 내 유언이야. 믿을지 말지는 유이가 결정해』라는 말이 붙어 있었거든요. 그 말을 들으니…… 믿고 싶어졌다고나 할까요."

사가쿠레 유이는 사가쿠레 유리가 만든 인형이며, 본인도 그것을 자각하고 있다. 하지만, 유리가 만든 인형은 예술적

일 정도로 **소녀** 그 자체였다. 적어도, 자신을 한 번 배신한—

친애하는 언니의 유언을 믿을 정도로 말이다.

"……뭐, 늦지 않게 도착해줬으니, 잘 된 거라고 생각할게."

마야는 그렇게 말하며, 사가쿠레 유이를 쳐다보았다.

"그리고 게부라와 티파레트에서도 지원군이 올 예정이지만, 그쪽은 시간이 좀 거릴 것 같아요."

"그때까지 버틴다면, 승기가 보일지도 몰라—."

마야의 말을 아리아드네가 부정했다.

"아~냐~. 그전에 엠프티를 한 명이라도 더 쓰러뜨려서, 여왕이 증식하는 걸 막아야 한다고— 적이야!"

분신들이 네 사람을 향해 쇄도했다. 아까와 마찬가지로 탄환을 막아내면서 엠프티들을 줄이려 했지만, 여왕의 공격이 점점 강렬해지고 있는 탓에 엠프티를 공격하기 어려웠다.

분신들의 일제 사격, 일제 돌격. 그것은 해일이나 눈사태 같은 것이었으며, 소녀들은 필사적으로 버텨낼 수밖에 없었다.

하지만 아까와 결정적으로 다른 점이 하나 있었다.

키라리 리네무와 반오인 미즈하의 노랫소리가 전장에 울려 퍼지고 있다— 그뿐이지만, 그것만으로도 용기가 샘솟았다. 여왕의 분신이 노래에 감명을 받지는 않을 것이다. 인상을 찡그릴 뿐, 이 싸움에 있어 무의미한 존재인 저 둘을 공격하려고도 하지 않았다.

호드의 신입 도미니언인 쥬가사키에게는 분신들이 몰려들

고 있었다.

하지만 그녀는 적절히 사정거리를 유지하며 치고 빠지기를 반복하는 것과 동시에, 끊임없이 엄호해주고 있었다.

"아, 통신!"

하라카의 가슴팍에 있던 통신용 영부가 떨렸다.

"그녀들은 그저 노래나 하러 온 건가? 정말 무의미한 존재군……."

퀸 본체— 즉,『제너럴』이 어이없다는 투로 그렇게 중얼거렸다. 그 말을 들은 쿠루미가 빙그레 웃었다.

"뜻밖인가 보죠? 당신은 그 방약무인함 때문에 이만큼의 분노를 산 거예요. 응보, 복수, 인과, 결의, 사명, 형태는 다르지만— 당신을 타도한다, 는 목적만은 다들 뚜렷하게 가지고 있답니다."

"어중이떠중이가 얼마나 몰려들든, 어중이떠중이에 지나지 않아."

"어중이떠중이란, 당신 주위에 있는 **잡졸**을 말하는 건가요?"

"흐음, 그 말은 너한테도 적용이 될 텐데? 너도 분신이잖아?"

퀸이 그렇게 말하자, 쿠루미는 옅은 미소를 지었다.

"저들에게는 쌓아온 역사가 없어요. 저도, 시스투스도, 모조된 그 순간부터 죽음을 각오하며 싸워왔죠. 불리한 싸움을, 혹은 압도적으로 유리한 싸움을, 구별 없이 필사적으로 치러왔답니다."

죽음에는 유익하거나 무익한 죽음 같은 구별이 없다. 그저, 끝날 뿐이다. 싸움에는 유리 혹은 불리가 존재하지만, 절대적이지는 않다. 죽음이란 언제나 따라다니는 원령 같은 것이다.

"그런 것 없이, 아무렇게나 전장에 내던져진 당신들이 참 불쌍하군요. 물론 거기에는 당신도 포함된답니다, 『제너럴』."

"헛소리……!"

이 순간, 『제너럴』은 이 싸움에서 처음으로 감정을 드러냈다.

히고로모 히비키는 우선 카가리케 하라카에게 텔레파시를 보냈다. 방금 도착한 지원군— 키라리 리네무. 히비키의 직감이 옳다면, 그녀가 이 싸움의 열쇠가 될지도 모른다.

《하라카 씨, 잠시만요.》

《아, 응. 왜 그래? 지금 전투 중이니까 짤막하게 용건만 말해줘.》

《키라리 리네무 씨와 연락이 되나요?》

《연락용 영부는 예전에 줬으니까, 아마 가능할걸? 하지만, 그 녀석이 여기에 올 줄은 몰랐어…… 아냐. 그 녀석이라면 오고도 남아……. 반사신경만으로 살아가는 녀석이니까…….》

《저는 100퍼센트 올 거라고 생각했어요. 아, 그것보다 말이죠. 저 사람에게 부탁할 게 있어요. 어쩌면 **여왕의 증식**

을 막을 수 있을지도 몰라요.》

《……자세하게 이야기해봐.》

하라카의 어조가 달라졌다.

퀸이 사브르를 휘둘렀다. 그것을 막아낸 쿠루미는 빙긋 웃었다. 그러자 여왕은 오한을 느꼈다.

키히히히히, 하는 불길한 웃음소리가 뒤이어 들려왔다.

"아까부터 왜 쓰지 않나 했더니— 당신, 지친 거죠? 정확하게는 **시간과 영력을 과도하게 소비한 거군요**."

"……윽!"

퀸의 얼굴에 초조함이 흘렀다.

"【헤트 아크라브】를 창조하고, 다섯 명의 특수한 분신을 만들어낸 직후, 저와의 결전에 임했죠. 이렇게 늦게 온 것은 거드름을 피우기 위해서가 아니라, 진짜로 한계였기 때문인 가요."

"……간파하는데 좀 더 시간이 걸릴 줄 알았는데…… 지원 군 탓에 정신적 여유가 생긴 건가."

쿠루미의 예상대로, 『제너럴』이 보유한 영력은 평소보다 훨씬 저하해 있었다.

시간이 지나면 보급되겠지만, 시간을 끌다 엠프티들이 몰 살당하면 안 된다. 그랬다간 본말전도인 것이다. 그렇기에, 그녀가 전장에 나설 타이밍은 이때뿐이었다.

퀸이 만들어낸 분신의 숫자는 이미 300이 넘으며, 400에 근접하려 하고 있었다.

이만큼 모으면 쿠루미에게 이길 수 있을 거라고 『제너럴』은 예상하였다.

아무리 지원군이 오더라도, 400이 넘는 분신에게 이길 수 있을 리가 없다.

하지만…….

《……알았어, 히비킹! 지금 렛쯔~가 페인트 탄환을 맞춘 녀석! 그 녀석이 히비킹이 말한 녀석일 거라고 생각해.》

퀸은 흔들리지 않으며, 설령 흔들리더라도 그것은 토키사키 쿠루미와 관련된 일 때문이리라고 자체적으로 분석하고 있었다.

하지만 그 텔레파시를 들은 순간, 『제너럴』은 심장이 꿰뚫린 듯한 충격을 받았다.

"아니…… 맙, 소사……!"

그녀는 허둥지둥 페인트 탄환을 맞은 분신을 쳐다보았고―경악했다. 영장이 검은색 페인트로 범벅이 된 그녀는 바로, 【헤트 아크라브】의 능력을 부여한 분신……!

《―잭팟. 그런데, 어떻게 알았나요?》

《오, 쿠루밍과도 이야기를 나눌 수 있구나. 어렵지만, 탄환 소리가 그녀만 달라! 그 외에도 다른 소리를 낸 분신이

있어서, 수색 중이야!》

"다른— 소리."

『제너럴』은 극도의 충격을 받은 탓에, 아무 말도 하지 못했다.

아아, 그렇다. 사실이다. 【헤트 아크라브】는 일반적인 탄환과 발사음이 다르다. 상대를 살상하기 위한 탄환과, 대상을 변화시키는 탄환. 역할이 다른 만큼, 당연히 소리도 다르다.

하지만, 그뿐이다. **그뿐인데**, 특이한 차이점도 없는, 일반적인 발사음을, 이 전장에서 분간했다고?

—아니, 경악은 나중으로 미루자. 지금은 한시라도 빨리, 키라리 리네무를 처리해야 한다!

소리. 소리가 들린다. 리네무는 노래를 하면서 청각을 확장시키고, 이 전장에서 교차되고 있는 온갖 소리를 분간했다. 그것은 절대음감이란 레벨마저 초월한, 마인의 영역이었다.

노래를 통해 소리를 반사해서, 현재 존재하는 모든 개체를 **파악**했다. 그리고 하나하나의 소리를 머릿속에서 분간했다. 엠프티의 소리…… 순수하고, 시끄러우며, 통일성이 없는, 뒤죽박죽인 혼성 합창. 이걸 컷하는 건 쉽다.

퀸 이외의 소리…… 토키사키 쿠루미, 시스투스, 히고로모 히비키, 그 외의 소리를 하나씩 컷했다. 남은 건 퀸의 소리이며, 그것은 크게 네 개로 분류된다.

첫 번째…… 토키사키 쿠루미와 근접해 있는 여왕의 소리. 너무 독창성이 강하고, 행동 하나하나가 분신들과 명백하게 달랐다. 이것을 분류하는 건 쉽다.

두 번째…… 곳곳에서 우글거리고 있는 여왕의 소리. 대부분 분신일 것이다. 사브르를 휘두를 때 나는 깡깡 하는 소리가 거슬린다.

세 번째…… 이것이 가장 시끄러운 소리였다. 폭우처럼 쏟아지는 총성. 그것은 일정했다. 탕, 탕, 탕 하고 공기를 찢으며 공간을 뒤흔드는 소리다. 이것이 전장에서 나는 소리 중 대부분을 차지했다.

하지만, 네 번째. 파도 같은 총성 안에, 아주 미세하게나마 다른 소리가 존재했다. 총성과 흡사하지만, 훨씬 흉흉한 이미지다. 그것을 『무언가』가 쏘고 있다. 쏠 때마다, 꿀럭, 꿈틀, 하는 이미지의 소리가 나며 변화했다. 그리고 그 변화가 끝나면— 두 번째와 세 번째 소리가 울려퍼졌다.

이거다.

《찾았어, 렛쯔~! 내가 가리킨 녀석한테 표시를 해!》

《오케이. 준비됐어!》

그리하여, 키라리 리네무는 여왕의 특수 분신이 어디에 있는지 폭로했다.

그것을 눈치챈 퀸의 분신은 당연한 듯이 키라리 리네무의

곁으로 쇄도했다.

"우와앗, 잔뜩 몰려와!"

"미즈하 님, 후퇴하세요! 저들을 막아내는 건 도저히 불가능합니다!"

보디가드들이 그렇게 말하며 미즈하를 대피시켰다.

"어, 나는?!"

"아, 맞아요. 리네무 선배도 같이 가요!"

"저들은 당신을 노리고 있거든요?! 저희는 덤터기를 쓰는 입장이니까, 알아서 어떻게 하세요!"

한 보디가드가 그렇게 말하더니, 미즈하를 억지로 잡아끌며 물러났다.

"우엥, 지당하기 그지없는 발언~!"

"선——배!"

슬픔에 찬 표정으로 손을 흔드는 미즈하를 배웅하듯 쳐다본 리네무는 일단 도망쳤다.

《리네무 씨, 살아있나요~?》

《저기, 히비킹. 이 상황에 대처할 작전은 없어?! 이 언니, 죽기 직전이거든?!》

《아, 네. 당근 있죠.》

《어? 아, 당연히 있다는 거구나. 발음 비슷하다고 대충 가져다 쓰니 알아듣기 힘드네. 그것보다, 작전이 있으면 빨리 어떻게 해봐!》

《아마 곧 도착할 거예요. 그럼 저는 바빠서요! 아, 예의 탄환을 쏘는 여왕을 두 명 더 찾아주세요. 리네무 씨한테 인계의 미래가 걸려 있다고요!》

《나, 그런 중압감 딱 질색이야!!》

그렇게 말하며 달리던 리네무는 누군가와 정면에서 부딪쳤다. 우왓, 하면서 쓰러질 뻔했지만 부딪친 누군가가 리네무의 손을 잡아줬다.

"아, 고마워—."

"별말씀을요."

군복 차림의 소녀가 빙긋 웃으며 그렇게 말했다.

그 소녀는 바로 퀸의 분신이었다.

"끄아~!"

"어머, 괜찮은 비명인걸.", "하지만 반해버릴 정도는 아닌가.", "너는 위험하거든.", "지금 이 자리에서 바로 처분하도록 하지."

총과 사브르가 겨눠진 데다, 손을 잡혀서 도망칠 수도 없다…… 손을 잡히지 않았더라도 도망칠 가능성은 전무하지만 말이다.

"히비킹~! 아까 말했던 작전은 뭐야—?!"

—해답. 누군가가 도와주러 온다, 였다.

수은으로 된 실, 영부, 책으로 만들어진 검, 트럼프, 수리검. 리네무의 손을 잡은 분신은 집중 공격을 맞고 소멸했다.

"다, 들……."

아아, 그렇다. 그녀들이 있다면, 토키사키 쿠루미에게만 의지하지 않더라도 어떻게 된다. 이 인계를 통치하고, 운영하며, 다투거나 수다 떨거나 화해하거나 절교했던 그녀들이 있다면…….

아리아드네 폭스롯. 카가리케 하라카. 유키시로 마야. 꺄르프 아 쥬에. 그리고 사가쿠레 유이.

"고마워."

"그것보다~, 빨리 여왕을 찾아줘~."

"고맙다는 말을 할 여유가 있으면, 이상한 소리를 낸다는 여왕을 빨리 찾아줬으면 해. 안 그러면 우리는 전멸할 거야."

"부탁이니까 빨리 좀 해봐~!"

"안 그러면 못 버텨!"

"다들 필사적이네! 뭐, 그럴 만도 해! 참고로, 여기 있는 여왕은 전부 꽝이야! 아까 소리가 들린 건, 여기서 100미터 정도 떨어진 장소야!"

그 말을 들은 소녀들이 눈을 치켜떴다.

"좋아, 날자~."

"날아? 어? 가는 게 아니라?"

"응. 날자~."

리네무의 온몸에 실이 감겼다. 불길한 예감이 들었다.

리네무의 머리에 영부가 붙었다. 불길한 예감이 들었다.

리네무의 허리에 마야와 꺄르뜨가 매달렸다. 매우, 매우, 불길한 예감이 들었다.

"저기, 다들? 뭐 하는 거야? 이상한 짓 꾸미는 거 아니지?"

"리네무."

"응."

마야가 얼굴을 들여다보았다. 이 애는 여전히 도자기 인형처럼 단정한 외모를 지녔네, 하고 리네무는 생각했다. 부러워라. 이쪽은 열심히 가꾸고 또 가꿔서 아이돌 느낌을 유지하고 있는데——— 어라?

"하늘."

"응."

"날고 있어."

"날렸거든."

리네무는 아이돌답지 않은 비명을 질렀다. 온몸에 휘감긴 실로 힘차게 하늘을 날려진 후, 영부가 부스트를 걸어주자, 리네무는 로켓 미사일처럼 날아갔다.

"*끄*아아아아아아아아아아아아아아아아아아아아아!"

"비명 그만 지르고 위치나 알려줘. 100미터 떨어진 곳이 이쯤이야?"

"조~ 금~ 더~ 가~ 야~ 해~!"

비명을 지르면서도, 리네무는 자신의 소임을 다했다.

그리고 전쟁은, 한 단계 더 가속됐다.^{부스트}

◇

　말도 안 된다, 고 『제너럴』은 전장을 둘러보며 한탄했다.
질 리가 없는 싸움, 완승을 하는 게 당연한 싸움이었다.

　그랬는데, 틀림없었는데……

　왠지, 어째선지, 일이 뜻대로 풀리지 않았다. 톱니바퀴에
본드를 바른 바늘 실이 휘감겨서, 꼼짝도 하지 않게 된 듯
한 느낌이다.

　—아아, 그래.

　"왜 그러죠? 손이 움직이지 않는군요."

　웃음을 흘리는 토키사키 쿠루미는 이 세상의 존재 같지
않은 요사한 아름다움을 자아내고 있었다. 이 소녀는 언제
나 여유가 있다. 아니, 있는 것처럼 꾸몄다.

　아무리 궁지에 처하더라도, 절망하더라도, 마음이 꺾일 것
만 같더라도, 그 점만은 변함이 없다. 허세를 부리고, 몸의
떨림을 억누르며, 계속 일어섰다.

　겨우 이 정도로 초조해해선, 나에게 『제너럴』일 자격이 없다.

　—한숨.

　그렇다면, 사라져야 한다. 그 전에 절망의 쐐기를 꽂아주
고, 말이다.

　"……우리 같은 별개의 인격이 존재하는 이유를 아나?"

"어머, 뜬금없군요. 그리고 반전체 분들의 사정을 제가 어떻게 알겠어요."

"훗……. 뭐, 그렇겠지. 우리는 『오버 로드』가 만들어낸 인격이다. 하지만 단순히 만들어지기만 한 건 아니지."

인격이 괴리하고 싶을 정도로 가혹한 상황에서 만들어진 것이 아니며…….

태어날 때부터 지니고 있던 정신적인 무언가도 아니다.

『제너럴』, 그리고 다른 인격들은 전부―.

"【아크라브】의 진정한 힘. 우리는 축전지이자, 용도가 부여된 인격…… 간부들은 그 여분의 힘에 지나지 않아."

"……처음부터 끝까지, 당신은 혼자였다는 거군요."

"우리 전부가, 말이야. 나는 이 싸움을 마지막 기회라 여기며 준비했어. 【헤트 아크라브】도 너에게 대항하기 위한 비장의 카드였지. 하지만……."

인정한다.

토키사키 쿠루미의 승리다. 너는 모든 함정을 돌파하고, 전력 차를 뒤집으며, 나와의 싸움에서 승리했다.

하지만―.

"어디까지나 나에게 승리했을 뿐, 퀸에게 승리한 건 아니야."

총을 머리에 겨눴다.

토키사키 쿠루미가 상대가 자기 강화의 탄환을 쓸 거라고는 생각하지 않았다. 저것은 단순한 자살. 스스로를 죽이고,

바쳐서, 제물로 삼는, 『제너럴』에게 있어 최후의 수단이다.

"나라는 인격이 죽으면, 네가 바라던 영력의 고갈이 **없었던 일이 되지.**"

그렇게 말한 여왕—『제너럴』은 온화한 미소를 머금었다.

"잘 있어라. 꽤 즐거웠어. 만약 이겼다면, 더 즐거웠을 텐데 말이야."

스스로를 쐈다.

쿠루미는 가만히 있었다. 상대가 뭘 하려는 건지 몰라 혼란스럽기도 했지만……. 이제부터 무슨 일이 벌어질지, 예상할 수 있었던 것이다.

온다.

그녀가, 온다. 딱 한 번, 그 목소리를 입에 담은 것만으로 자신을 얼어붙게 했던, 그 소녀가…….

한동안, 여왕은 꼼짝도 하지 않으며 가만히 있었다.

"……하아."

호흡 한번. 그것만으로 분위기가 일변했다. 격렬한 전장에 위풍당당하게 존재하는, 그 『제너럴』의 기운과는 달랐다.

전장과 어울리지 않는 온화한 분위기의 소녀가 옅은 미소를 머금은 채, 그 자리에 서 있었다.

"안녕, 쿠루미 양."

—이 얼마나, 평온으로 가득 찬 목소리인가.

거기에는 원래라면 존재할 리 없는, 행복한 울림이 어려 있었다.

그렇기에 쿠루미는 엿볼 수 있었다.

주위에서는 적과 아군, 사투, 한탄, 기쁨, 그리고 혈풍이 휘몰아치고 있다. 그런 전장에서, 그녀는 자신이 존재해 마땅한 장소에 있는 듯한 온화한 목소리로 인사를 건넸다.

"사와 양, 이군요."

"으음…… 글쎄? 겉모습이 이런데도, 그렇게 생각해줄 거야?"

암흑에 그대로 빨려 들어갈 것만 같았다. 만약 이 순간에 눈앞에 있는 소녀가 총을 쐈다면, 그대로 목숨을 잃었으리라.

하지만, 눈앞의 소녀— 야마우치 사와를 자처한 여왕은, 그저 배시시 웃었다.

"당신의 분위기를 보면…… 도저히, 부정할 수 없으니까요."

"우리 둘 다 많이 변했네. 아, 히고로모 양이 살아있구나. 다행이야. ……뭐, 나한테 있어선 다행인 게 아니겠지만 말이야."

한숨을 내쉬었다.

"……당신이 납치했잖아요."

"납치해달라고 부탁한 건 『제너럴』이었어. 나는 그 부탁을 들어줬을 뿐이야. 그 애한테는 요즘 계속 고생만 시켰거든."

—위험하다.

그저 평범한 대화를 나누고 있을 뿐인데, 등에서 식은땀

이 났다. 이 평온함이, 그야말로 광기적으로 느껴졌다.

"……어째, 서죠?"

"응? 뭐가 말이야? 여기에 이렇게 살아있는 것? 내 목적? 아니면 전부 다?"

"전부 다, 예요."

하나부터 열까지, 전부 의문으로 가득 차 있었다.

퀸…… 야마우치 사와는 잠시 생각해본 후에 대답했다.

"뭐, 그래. 이게 마지막으로, **너와 보내는 시간일 테니.** 좋아, 가르쳐줄게. 전부 다 말이야."

○그 후로, 야마우치 사와는

평온한 바다처럼, 그녀는 전장에서 이야기를 시작했다. 그녀가 입을 열기만 해도, 전장의 소음이 사라지는 듯한 착각이 들었다.

"─나는 목숨을 잃었어. 쿠루미 양."

……그렇다, 하고 생각한 쿠루미는 주먹을 으스러지도록 말아쥐었다.

"네가 아닌 너─ 즉, 본체인 쿠루미 양이 나를 죽인 거야."

목이 말라 들어가는 것이 느껴졌다. 도움을 청하기 위해, 불안정한 걸음걸이로 방황했다.

시야, 시야가 흐릿했다. 온몸이 아프고, 아프고, 그저 아팠다.

─아, 쿠루미 양이야.

말을 걸려고 손을 뻗었고/그녀는 결의에 찬 눈길로 사와를 쳐다봤고

흩뿌려진 불꽃을 눈치채지 못한 채/그녀는 놀라면서도 화려하게 회피했으며

충격이 느껴지자, 혼란에 빠졌다/그녀는 손에 쥔 총을 연사했다.

"그리고 나중에 나라는 걸 알고, **쿠루미 양은 어떤 생각이 들었어**? 이건 당연히 대답할 수 있지?"

"……절망, 에 빠졌답니다."

분신이라고는 해도, 그 순간에 느낀 절망은 똑똑히 기억하고 있다. 아니, 토키사키 쿠루미에게 있어 그 순간은 절대적인 금기다. 하마터면, 자신이 반전해버릴 뻔 했으니 말이다.

【달렛】을 이용해 강제적으로 자신을 되돌리지 않았다면, 반전체에서 원래대로 돌아올 수 없었으리라.

———**잠깐.**

"그래. 눈치챘나 보네. 나는, 아니, 내 몸은 그때, 그 모습으로 **반전**했던 순간을 잘라내서 생겨난 **분신이야.**"

"……이상해요. 앞뒤가 맞지 않아요."

"그래? 쿠루미 양의 본체가 쓰는 【헤트】는 **과거의 자신을 모방하는 거잖아.** 100만, 어쩌면 1000만분의 1의 우연일지도 모르지만……."

태어날지도 모른다.

그때, 그 순간의 과거가 모방됐다면…….

그리고, 토키사키 쿠루미는 생각했다.

【헤트】로 생겨난 반전체를, 본체는 어떻게 생각할까.

틀림없이, **그 자리에서 바로 죽였을 것이다.** 그녀의 뜻에 따르지 않는 정도가 아니라, 파괴만을 자행하는 괴물이 되어버릴 게 뻔하니 말이다.

1000만분의 1의 우연으로 태어난 소녀를, 토키사키 쿠루미는 주저없이 살해했으리라. 그리고 그림자에 빠뜨렸다.

과거, 칠석날에 토키사키 쿠루미가 당했던 것처럼. 하지만, 그 그림자에는 『구멍』이 있다. 그래서 토키사키 쿠루미와 시스투스처럼, 인계로 빠진 것이다.

"1000만분의 1의 우연과, 1000만분의 1의 우연이 겹친 거야. 나와 반전체는 같은 순간에 같은 장소에 떨어졌어. 역시 쿠루미 양이 우리를 만나게 해준 걸까?"

그리하여, 인계에 두 소녀가 떨어졌다.

재회는 우연이며, 극적이었다.

"혼만이 존재하는 나와, 육체뿐인 그녀."

퀸― 야마우치 사와는 그렇게 말하더니, 구김 없는 미소를 지었다.

―나는 쿠루미 양을 증오하고.
―그녀는 토키사키 쿠루미를 증오해.

"그래서 우리는 계약을 맺은 거야. 혼은 야마우치 사와, 육체는 반전한 토키사키 쿠루미. 그렇게 해서 탄생한 게 하얀 여왕― 퀸, 인 거야."

그녀들은 이어졌다. 공범자로 이어졌고, 혼과 육체가 결합했다. 탄생한 소녀는 울부짖었다. 울고, 절규한 끝에― 모든 것을, 증오하며 되살아났다.

한숨.

이제까지 얻은 단서를 전부 조합하면, 필연적으로 도달하게 되는 진상이다. 하지만, 그러나. 자신은 그 결론에 도달하고 싶지 않았다.

잔혹하고, 운명적이며, 극적일 뿐만 아니라, 음습하기 그지없는 결론이다. 스타트 지점에서부터 그녀는 잘못된 길에 접어들었으며, 그녀 또한 그것을 알면서도 미쳐갔다.

"……저를 향한 원한과, 인계는 별개 아닌가요?"

"아냐. 애초에 이런 세계를 만든 쪽한테 잘못이 있잖아. 살아 있다는 것만으로도 감사할 줄 알았어? 나한테 존재하는 건, 살아 있는 것에 원한과 사명감뿐이야."

쿠루미의 지적을, 사와는 부정했다.

그녀는 인계의 파괴를 긍정한다. 이런 세계가 존재하는 것 자체가 사악하다고, 단언하고 있다.

"파괴한 후에 어쩔 생각이지요?"

"나는 아무래도 상관없지만, **내 몸은 왕을 갈구하고 있어.**"

……하아, 하고 쿠루미는 한숨을 내쉬었다. 왕이라는 말을 들은 순간, 이곳의 공기가 살기로 가득 찼다. 이 상황에서, 왕이라는 단어가 무엇을 의미하는지 명백했기 때문이다.

"이 세계를 유린하고, 모든 것을 희생시켜서 **왕을 맞이하겠어.** 세계를 멸망시킨다면, 역시 새로운 세계가 필요하겠지?"

"아담과 이브라도 되려는 참인가요?"

쿠루미가 그렇게 말하자, 사와는 요염한 미소를 지으며 대꾸했다.

"—그러면 안 돼?"

"양쪽 다 논외군요. 아무리 사와 양이라도— 아니, **사와 양이니까.** 넘는 것을 허용할 수 없는 선이 존재한답니다."

그렇구나, 하고 말한 사와는 한숨과 살의를 동시에 토했다. 살의와 살의가 교차했다. 쿠루미의 살의와 사와의 살의는 동등했다.

"응. 우리가 화해하는 게 무리라는 건 확인했어. 그럼, 사투를 시작해볼까."

짜악, 하고 사와가 손뼉을 쳤다.

끄덕, 하고 쿠루미가 고개를 끄덕였다.

어느새, 이 일대에는 아무도 없었다. 아까부터 틈만 나면 공격을 하려고 하던 퀸의 분신들이 사라졌다.

아무도 없는 공백 지역. 그곳에서, 악몽과 여왕이 대치했다.

"—〈자프키엘〉."

"—〈루키프구스〉."

두 시계가, 그녀들의 등 뒤에 출현했다. 여왕은 웃었고, 악몽은 눈을 감으며 찰나 동안의 회상에 잠겼다.

자, 야마우치 사와와 쌓아온 별것 아닌 소중한 추억을 전부 버리자. 양쪽 다, 진짜 토키사키 쿠루미가 아니거니와,

야마우치 사와 또한 아니지만······.

이 가슴에 품은— 증오는/애정은, 틀리지 않았으니까!

포효한 것은 쿠루미였고, 광소를 터뜨린 건 사와였다. 총
격과 검격이 격돌하며 뒤엉켰다.

—그리고 인계 또한, 임계점을 맞이하려 하고 있었다.

인계는 어떤 정령의 탄생과 함께 창조된, 인공적인 세계.

비유하자면, **그녀가 꾸는 꿈 같은 것이다.** 준정령들은, 토
키사키 쿠루미도 포함해, 전부 이 세계에 당도한 미아에 지
나지 않는다.

그렇다면.

그녀가 꿈에서 깨어날 때, 당연히 그 세계는—

◇

건너편 세계에서, 어떤 싸움이 벌어지고 있었다.

천사를 든 한 사람과, 마왕을 든 한 사람이, 그 강대한 힘
을 행사했다.

그리고, 꿈은 끝을 맞이했다.

◇

그렇게 꿈이 끝나자, 인계는 <ruby>세계<rt>세계</rt></ruby> 망가져 갔다.

한 소녀의 여행과 싸움도, 한 소녀의 소망과 꿈도…… 전부.

■작가 후기(※스포일러 있어요)

세계가 격변하고 벌써 1년 가까이 지났습니다. 정말 힘든 시기라고 생각합니다. 하지만 작가란 언제 어디서나 일을 할 수 있다는 것이 강점이기에, 운동 부족 이외에는 어찌어찌 됩니다고 생각 중인 히가시데입니다.

아무튼, 드디어 이야기가 여기까지 도달했습니다. VS 퀸, 최종결전입니다. 「데이트 어 라이브」 3권 때도 생각했지만, 적으로 돌리면 「거의 무한히 증식하는 데다, 좀 약체화됐다고는 해도 비슷한 능력을 사용하며, 아무리 죽여도 아무렇지 않은 듯이 또 덤벼든다」라는 건 정말 성가시네요!

지난 권 말미에서 선보였던 여왕의 인격…… 혼에 관해 말씀드리겠습니다. 이 부분에 관해서는 본편 원작자인 타치바나 코우시 선생님과 「그냥 반전체는 확 와닿지 않는다」, 「야마우치 사와라면 어떨까」, 「그녀가 얽히면 드라마가 복잡해질 것 같다」, 「하지만 반전의 계기가 된 소녀니까」…… 뭐, 이런 식의 격렬한 논의 끝에 「……해보자!」로 결정했습니다.

그리하여 탄생한 여왕은 인계는 유린하기 위해 움직이기

시작한 겁니다.

한편, 본편과 시간축이 링크되기 시작했습니다. 네, 원작에 적혀 있는 대로죠.

기간 한정의 천국인 인계가, 다음 권에서 과연 어떻게 될까요.
(발할라)

히고로모 히비키는, 도미니언들은, 그리고 토키사키 쿠루미는, 어떤 선택을 할까요.

그 모든 것이 밝혀질 다음 권을 기대해주시길.

그리고…….

아마, 이 책이 발매될 즈음에는 이미 상영 개시가 되었을 거라고 생각합니다.

바로 애니메이션판 「데이트 어 불릿 나이트메어 오어 퀸」, 입니다!

전후편이기에, 1권을 베이스로 하면서 거의 구성을 기초부터 새로 짰습니다. 그래서 약간 변칙적이지만, 원작 테이스트를 이해하고 계신 애니메이션 스태프 여러분 덕분에 「데이트 어 불릿」 원작의 불가사의한 분위기가 재현되어 있다고 생각합니다.

하늘하늘 흔들리는 소녀의 마음과 위태위태한 세계. 부디 재미있게 즐겨주셨으면 합니다.

편집자 님, 일러스트를 맡아주신 NOCO 씨, 그리고 본편 작가이자 감수를 맡아주신 타치바나 코우시 선생님, 항상 감사드립니다.

다음 권이 최종권입니다. 토키사키 쿠루미와 히고로모 히비키의 여행이 어떻게 끝날지, 마지막까지 지켜봐 주십시오.

히가시데 유이치로

안녕하십니까. 근로청년 번역가 이승원입니다.

『데이트 어 불릿』 7권을 구매해주셔서 진심으로 감사드립니다.

2021년도 벌써 3월! 꽃피는 계절입니다만, 아직 함부로 외출하기 어려운 시국입니다.

그나마 마스크를 하고 잠시 바람 쐬러 나가기는 합니다만, 정말 기분 전환 삼아 여행을 가고 싶습니다.

그러고 보니 제가 일본에 극장판 애니 보러 안 간지도 벌써 2년이 다 되어 가는군요.

마지막으로 봤던 게 청춘 돼지 극장판이었던 걸로 기억합니다. ……우와, 엄청나게 오래됐군요.

시국만 이렇지 않으면 데어불 극장판을 비롯해 각종 극장판 애니 보러 일본에 갔을 텐데, 참 아쉽습니다.

하루라도 빨리 일상이 되돌아왔으면 좋겠네요. 그때까지 독자 여러분께서도 건강하시길!

그럼 『데이트 어 불릿』 7권에 대해 조금 이야기해볼까 합니다.

스포일러가 포함되어 있을 수도 있으니 본편을 안 읽으신 분은 유의해주시길!

이번 7권은 그야말로 최종결전! 편이었습니다.

본격적인 침공을 시작한 퀸의 군대, 그리고 그들에게 맞서는 쿠루미&도미니언 일행.

계략과 압도적인 우적 우세를 이용한 물량전이 펼쳐지며 쿠루미 일행을 궁지에 몰지만, 위험한 도박과 행운, 그리고 뜻밖의 도우미 덕분에 위기를 하나하나 헤쳐나갑니다.

그리고 그 끝에 펼쳐지는 건 둘도 없는 친구와의 재회였습니다.

자기를 죽인, 그리고 자기가 죽인 친구와 재회한 두 사람. 그런 그녀들이 선택할 수 있는 건 사투뿐이었습니다.

하지만 이 사투와 상관없는 곳에서 세계의 존망이 걸린 사태가 벌어지고 있었고……

모든 이야기의 답은 최종권은 8권에서 밝혀질 거라고 생각합니다.

저도 역자일 뿐만 아니라, 한 명의 팬으로서 이 이야기의 결말이 정말 궁금합니다.^^

그럼 이만 줄이겠습니다.

L노벨 편집부 여러분, 항상 재미있는 작품을 맡겨주셔서 감사합니다. 최종권인 8권도 최선을 다해 번역하겠습니다!

밥 사준다고 해놓고 인천으로 튄 악우여. 인천 명물 먹거리라도 사 오면 봐주마.^^

마지막으로 언제나 제게 버팀목이 되어주시는 어머니와 『데이트 어 불릿』을 읽어주신 모든 분들에게 진심으로 감사드립니다.

쿠루미와 히비키의 여행에 마침표가 찍힐 8권 역자 후기 코너에서 다시 뵙겠습니다!

2021년 3월 초
역자 이승원 올림

데이트 어 불릿 7

초판 1쇄 발행 2021년 4월 10일

지은이_ Yuichiro Higashide
감수 기획_ Koushi Tachibana
일러스트_ NOCO
옮긴이_ 이승원

발행인_ 신현호
편집부장_ 윤영천
편집진행_ 김기준 · 김승신 · 원현선 · 권세라 · 유재슬
편집디자인_ 양우연
관리 · 영업_ 김민원 · 조인희

펴낸곳_ (주)디앤씨미디어
등록_ 2002년 4월 25일 제20-260호
주소_ 서울시 구로구 디지털로 26길 111 JnK디지털타워 503호
전화_ 02-333-2513(대표)
팩시밀리_ 02-333-2514
이메일_ lnovelpiya@naver.com
ㄴ노벨 공식 카페_ http://cafe.naver.com/lnovel11

DATE A LIVE FRAGMENT DATE A BULLET Vol.7
ⒸYuichiro Higashide, Koushi Tachibana, NOCO 2020
First published in Japan in 2020 by KADOKAWA CORPORATION, Tokyo.
Korean translation rights arranged with KADOKAWA CORPORATION, Tokyo.

ISBN 979-11-278-5918-3 04830
ISBN 979-11-278-4273-4 (세트)

값 7,800원

죽음에서 돌아와, 모든 것을 구하고자 최강에 도달한다 1권

shiryu 지음 | 테시마nari, 일러스트 | 김장준 옮김

가족, 누나 같은 사람, 친구, 그리고— 사랑하는 사람.
모든 것을 잃은 에릭은 세상을 살아갈 의미를 잃고 절망해 결국 목숨을 끊는다.
하지만 죽었다고 생각했는데 눈을 뜨니 아기가 되어 있다?!
하지만 에릭은 아기가 「된」 것이라 아니라 아기로 「돌아온」 것이었다.
그 사실을 안 에릭은 잃었던 모든 것을 구하고자 최강에 도달하기로 마음먹는다.
우선 모든 것을 잃는 시작이 된 재난.
태어난 마을을 덮친 비극을 막기 위해 전생보다 강한 힘을 바라며 훈련에 매진한다.

—이것은 아직 정해지지 않은 운명에 맞서 싸우는 남자의 이야기.

라이트노벨의 새로운 빛! L노벨의 신간은 매월 10일에 발매됩니다. http://cafe.naver.com/lnovel11

변변찮은 마술강사와 금기교전 1~17권

히츠지 타로 지음 | 미시마 쿠로네 일러스트 | 최승원 옮김

알자노 제국 마술 학원의 계약직 강사인 글렌 레이더스는 수업 중
자습 → 취침 상습범.
그러다 웬일로 교단에 서나 싶으면 칠판에 교과서를 못으로 고정해놓는 등,
그야말로 학생들도 기가 막혀 하는 변변찮은 강사다.
결국 그런 글렌에게 진심으로 화가 난 학생,
「교사 킬러」로 악명이 자자한 시스티나 피벨이 결투를 신청하지만—
이 해프닝은 글렌이 허무하게 패배하는 안타까운 결말로 막을 내린다.
하지만 학원에 닥친 미증유의 테러 사건에 학생들이 휘말리자,
"내 학생에게 손대지 마!"
비로소 글렌의 본성이 발휘된다!

TV애니메이션 방영 화제작!!